云层之上全是阳光

水格 著

新星出版社 NEW STAR PRESS

何必为孤独而悲伤　在转身的瞬间　你　近在身旁　却又远隔千里

Why was lonely and sad...

谁的心事

低如阴霾

谁的晴朗　擦肩而过

SOME TIME
一些時光……

在喜悦和哀伤的记忆里　温暖如初
就像心里藏有无限欢乐

风吹走多少惆怅 那斑驳的木门
还有白衬衫一样的夏天 都属于我们年少的馈赠

风用它明亮的翅膀　带走被折断的玫瑰
而来自成长的青涩与彷徨　正在悄悄地绽放

每一次晨曦与日暮 都在为你祝福

曾经的情书 与街角的青砖 一起慢慢褪去光泽

路边寂静生长的草　夏天还未远去
可口可乐的幸福与甜蜜　是梦境所不及的秘密

你从未知里看见迷茫 你在孤独里产生嫉妒

即便如此桀骜如此不驯 也无法纵容想像

不断压低的云层　雾霭之中万物闪耀
是谁说　一切皆如倒影　一切皆如梦境

铁的栅栏　在你的背影独自站成风景　独自荒凉
一切只是从前啊　远去的幻觉

季节在变转中失色　年华在等待中苍老
到了天涯　却远离了海角

她唱　看见的熄灭了　消失的记住了

这就是你十七岁的忧郁　是你的盔甲与魔法

无比怀念的小幸福 低沉地回响 诉说着迷离与抽象
累计所有须臾 使之化为不朽

草木之上 蓝天之下

沿着花与旧时光的堤岸

到达你的天堂

目录

第一回　　　　　001

第二回　　　　　023

第三回　　　　　045

第四回　　　　　063

第五回　　　　　079

第六回　　　　　101

第七回　　　　　117

第八回　　　　　133

第九回　　　　　153

第十回　　　　　171

第十一回　　　　187

尾声　　　　　　207

后记　　　　　　214

第一回

"……我记得并且明白的事就是，很多年很多年前，我就非常非常乐意赖在你身边了。"男生一只手搭在眉毛上，"如果把这份依赖说成喜欢的话，也不为过。"

夏至。

明晃晃的阳光照得少年睁不开眼，抬起手遮住临近正午时强烈的白光——头脑里莫名其妙地跳出了"夏至"这个词。明明已经过去很久了呀，甚至都过了小暑——右手手腕处有些麻，也或者是疼，总之是很难受的感觉。夏宁屿抬起左手揉了揉通红的眼睛，不用照镜子，也猜得到，必定像是要烂掉的一对坏桃子，再揉一揉，也许就会流出水来。

昨晚喝了很多绿茶，就算是在梦里面，尿意也滚滚袭来，被迫起床去卫生间小解，不是这样的话，也许夏宁屿一觉能睡到黄昏。

都是些不好的预兆，其实之前也出现过，不过一直没在意：

朝着四面八方乱翘的头发使这个男生看上去像是被遗弃的小孩，刷牙的时候还出了一点血，用丁家宜牌子的男士洗面奶，之前一直没问题，这周却皮肤过敏，起了层红色的疙瘩，而且洗完脸后，镜子里的那张脸看上去还像是蒙了一层灰，没有一点光，看过去就是倒霉相。

还真是上火了呀。

都跟自己说得好好的，就算是考成一地鸡毛也是无所谓的事。可是——少年拿牙刷狠狠地在口里捅了两下，血渗进白色的泡沫，一起粘在嘴角，看上去就很恶心——还是上火了唉。

上午10:40，妈妈早在三个小时之前就已离开家门。

上班去了。

拿着毛巾擦着湿漉漉的头发从浴室里走出来的夏宁屿，发现桌子上多了一张便条：

　　小屿，冰箱里有面包和牛奶，起床后记得吃。我已经给你爸爸挂电话了，讲了你成绩很差，他现在也蛮有钱，不在乎花几万块的赞助费送你去重点中学读书。妈妈真是没能耐，到头来还是要去求他。

　　成绩是昨天晚上，哦，正确地说，是今天凌晨出来的，妈妈比自己还心焦，守着电话，秒针刚刚划过数字12，她立刻拨通了那个烂熟于心的电话号码，查询夏宁屿的中考成绩。因为按了免提键，所以守在一边的夏宁屿也听得清清楚楚。

　　就像是眼睁睁地看见从天上掉下来一把铁锤，躲闪了半天，还是走霉运地跟它亲密接触了。

　　"当"的一声，砸在头上，鲜血横流。

　　总分471。

　　471分。

　　夏宁屿看见妈妈的眼睛一下就红了，眨眼之间，眼泪就跟夏天囤积在云层上的积云雨，瞬时掉了下来。

　　那该死的声音还在继续："……返回请按1号键……"

02>>>

　　返回请按1号键。

　　夏宁屿擦干了头发，站在电话机旁狠狠地捅了下1号键，要是真可以按一下就返回到闪亮的旧时光去，那么，宁愿就这么一直按一直按，按到出生以前，就当自己从来没有到过这个世界，那该多好……

　　不过，一想到那样的话，便吃不到路边的烤肉串和鱿鱼爪，夏宁屿就摇了摇头，朝镜子里的自己露出招牌式的笑容，比起那些被禁止的路边美食来，四处流亡怎么样，交了白卷怎么样，中考落榜又怎么样？

中考落榜的话，又——怎——么——样？

"中考落榜的话，你就离开青耳，去上海跟你爸爸一起生活吧。他总归不会害你，何况他那里的环境啊条件啊都要比这里好上千倍呢。"

"读普通中学也无所谓啊。"夏宁屿嘟起嘴，像小孩子一样扯住妈妈的衣角走路，其实身高早早高过妈妈，脱离了小孩子的行列，所以撒起娇来，难免有点怪怪的，妈妈却从来不管，小时候夏宁屿很少撒娇，更多的时候都是抿着嘴唇迎接不可预测的生活危机，现在日子总算安稳了，小孩子的性子反弹回来，越来越有自己的小脾气，算是对过去不幸的补救吧。就算是想管也开不了口。

"我只想你读重点中学。"夏妈妈走路很快，怕是误了开考的时间，太阳恹恹地挂在天边，还没彻底燃烧起来，打在眼皮上的日光也只是晕出一圈毛茸茸的温暖。"你爸说，你要考上重点的话，什么都好说，一切依你的。我知道你肯定想要生活在我身边。那样的话，就算再苦，我也能撑得下去，多干点活供你读书也没什么了不起。要是考不上，那就得听你爸的，之前我们也是约法三章，别管他对我怎么样，也不要看我们俩关系有多恶劣，在你的教育问题上，我跟你爸是没多大分歧的。"

"我的成绩也还可以呀！"夏宁屿知道妈妈只是嘴上说不在乎，其实全世界最在乎自己的人就是她了，很难受地翻了翻眼睛，有些赌气地说："我一定会考上重点中学的。没什么了不起的。"

"考上最好。"夏妈妈站住，前面的十字路口亮起了红灯，"我也不希望你从我身边离开。"

以前妈妈不是没说过，自己之于她，是比心脏、比双手、比大脑、比她自己还要重要的存在，所以，就算是活生生地把她的双手剁下来，也未必有自己从她身边离开更令她难受，虽然比喻得血腥了点，却也精准。

已经十六岁的夏宁屿比谁都明白这一点。

比任何人都明白。

这样的对话发生在一个月以前。

夏宁屿对这样窒息压抑的对话充满了厌倦，于是先煞有介事地看了看手腕上的表，才转过脸来朝妈妈露出一个明晃晃的微笑："妈，时间好像来不及了啊，咱俩一起闯红灯好不好呀？"

"找死啊，你！"同样不分大小地顶撞回来。

但妈妈还是下意识地拉住了儿子的手，怕他真要横穿马路闯过红灯。

夏宁屿挣脱开来："我只是调节一下紧张的气氛罢了。"

——这样的少年，在儿童时期，就已显示出他的与众不同来，并非是多么的超尘拔俗或者是幸运地像是漫画男主角一样，拥有倾国倾城的容貌，更没有特殊的能力，比如能看到鬼、会炼金术、穿越时空之类的，没有，这些都没有，哪怕是最俗气的一种设想，生下来就可以有轻松过完一辈子的财势，对于这个叫做夏宁屿的男生来说，这些都是放在心底的妄想。

甚至在一出生，爸爸就弃自己和妈妈而去。

连如何活下去都是横在眼前的大问题。

然后被妈妈送出去，四处辗转寄居在远房亲戚家，受尽了挖苦和白眼。就是这样的少年，这么多年，从不哭泣，始终对生活充满强大到凶悍的热情，很少有人看见他没精打采的模样，经常是露着一排整齐洁白的牙齿朝人灿烂地微笑，每个接近他的人都能从他身上获得快乐的能量。

健康明朗的少年总归是惹人喜欢的。

更何况，虽不是什么绝世美男，但还是可以划到美少年的范畴里去，虽然皮肤有点黑黑的，不过这在时下也很流行呀。

同班的女生背地里经常会这样议论。

夏宁屿会很得意地凑过去，明知故问地朝向那些女生："你们议论的是哪个男生呀？"

女生们的脸飞速蹿红，眼睛里荡漾着窘迫而温柔的甜蜜。看到这些，夏宁屿就会更加得意地伸手抓抓头发："嗳，我的魅力很大的呀。"

"是呀！"一个跟史努比是表兄妹关系的女生顶着一张大红脸看过来，"我喜欢找有魅力的男生做男友。"

夏宁屿觉得脚下安装了弹簧，狠狠地踩下去，只为了寻求更大的弹力，把自己弹得越远越好，好想用力地逃脱这样的境地。

于是，伸出双手挡在胸前用力地摇了摇："请你，嗯，对，站在那里，离我三米远的地方说话就可以了，不要过来呀。"

轮到在场的其他人哈哈大笑。

他心里却泛起这样的嘀咕："啊，冒失的女生还真是多。"

03>>>

刚刚被夏宁屿调节过的气氛非但没有轻松，反而更紧张了。

从马路对面正风风火火地跑过来一个女生。

她嚣张得都没有抬头看下红绿灯，就噔噔噔地朝这边跑过来。一看就是平时不大参加体育锻炼的女生，跑起步来缺少必要的协调性。东一下西一下，像是随时要跌倒在地一样。

"又是一个冒失的女生。"夏宁屿苦恼地皱起了眉。

旁边的妈妈忍不住说起话来："这孩子疯了，车开得都那么快，怎么就敢横穿马路，万一撞……"

夏妈妈的话还没说完，就被应验了。

"你还真是乌鸦嘴。"夏宁屿在等待绿灯跳转前的一丁点时间里没有忘记嘲讽了妈妈一句，又一辆车呼啸着在最后一刻奋力越过斑马线，朝前方突突突地开过去。隔着这些飞快移动的车辆，夏宁屿视线里的那个女生痛苦地瘫倒在地上。

飞舞的灰尘以及刚刚排放出来的汽车尾气将空气搅得一片模糊，就算是这样，慢慢抬起的一张脸，以及涨满了泪水的通红眼眶，还是渐渐清晰在夏宁屿的视线里，然后，他抬了抬手，试探着朝对方喊了一声："顾小卓——"

"没事吧，你？"夏宁屿一脸焦急，"还是那么冒失，一点儿没变。"

女生感觉到头顶快速移过来一片阴影，抬起头来朝上看，用了一些时间才从男生的眉眼里唤醒了记忆的画面。

画面翻涌着跟潮水一样朝自己拍打过来。

"你是夏宁屿？"

男生点了点头，露出暖暖而惊讶的笑："没想到你这个臭记性，还能记得住我呀。你怎么闯红灯呀，连小学生都不如。"

顾小卓有些脸红，不过很快镇定下来："我忘带了准考证，这不着急回家去取……"

"挂个电话叫家里来送来不就结了。"

叙旧至此，两个人都说不出话了。夏宁屿瞪眼看着从女生裙子下淌出来的鲜血，瞬间震住了。然后迅速掏出手机拨通了120，操着爆破音朝那边大喊大叫。一边的妈妈看不下去了，劈手夺过了夏宁屿手上的手机，脸色无比难看。

"开考时间马上就到了。"夏妈妈伸手拦住一辆出租车，不知从哪来的力气，硬是把夏宁屿塞进去，"你再这样爱管闲事的话，就……"

车子飞快地开起来。

而顾小卓一个人被抛在马路中央。

"就怎么样？"完全陌生的冰冷语气，连看过来的目光也带着寒冷，"我不想做跟爸爸一样冷血的人。"

"当初他们顾家是怎么待你……你又不是不知道……"妈妈紧紧地拧住双手，"这么多年，我们早跟他们家划清了界线，你是你，我是我，再无往来，你何必多管闲事呢？"

"我不管我要下车！"

被夏宁屿吵闹得不知所措，妈妈双手掩面，低低地哭泣起来，其实过去那些年的许多事，她都不愿甚至是不敢再去想起，可是这一刻，还是风起云涌般簇拥着，像是从天边翻滚着移动而来的乌云一样，遮住了阳光，停在了自己的头顶。

面对妈妈的潸然落泪，夏宁屿突然安静下来："妈妈，对不起……只是，我不想做心肠硬的人，就算是对于曾经伤害过我的人，我一样不愿看到他们的不幸。"

"小屿真是长大了呢。"夏妈妈把眼泪擦干，"但我还是不想影响你考试，这样吧，我现在下车就回去照顾一下顾小卓，你放心去学校考试吧。"

夏宁屿就这样提心吊胆地进了考场，却一道题目也写不下去，拿笔尖将试卷戳了无数个小洞，规定开考半个小时方可出考场的时间一到，他立即起身，急匆匆交了一张白卷，顶着一张白刷刷的脸拉开教室门，朝泛着白光的操场跑去。

而另外一个窗口下的顾小卓正忍着小腿上伤口的疼痛，埋着头刷刷地写着卷子，偶然抬起头去朝窗外望去，视线里是男生一小片模糊的白色影子。

那是夏宁屿吧。

记忆里，许多年前的夏天从遥远的海域滚滚而来。

□4>>>

理所当然，夏宁屿并不能如愿以偿进入青耳中学。

夏宁屿也觉得对不起妈妈，只是一味地讨好妈妈，并且反复强调着，就算是读普通中学也无所谓，自己一定要留在妈妈身边。总归是自己身上掉下来的肉，何况事已至此，再责怪也于事无补，夏妈妈也接受了这样的事实，甚至对儿子的表态大为感动，也就没有第一时间将成绩告诉夏宁屿远在上海的生父。

一心想着，就算是累死，也要赚足够的钱把夏宁屿送进重点中学，不能耽误了孩子。

妈妈自作主张地联系上了青耳中学的教学主任。

据说他是学校的骨干，也是能跟校长递得上话的厉害角色。

一天时间没有出门，一直在挂线，跟朋友聊天，更多的时候是在打游戏，眼睛累了就揉一揉继续，就这么一天的光景到了尾声，门外才传来金属钥匙插进门孔的转动声。夏宁屿站起身来，朝客厅走去，妈妈左手提菜，右手接起了响个不停的电话：

"啊，喂，请问你是……"

妈妈踢掉鞋子，换上了拖鞋，将手中的菜递给夏宁屿，微微歪着头，将手机夹在肩膀和下巴中间，夏妈妈使个眼色示意男生把菜拿到厨房去。

"俞老师啊，是俞老师啊，你好你好啊。"

男生拎住菜站着没动。

"我们听你的呀，你什么时候有时间我们就什么时候见面。我就想吧，你也见一见这孩子，要不是出了点意外，哪里会是这个成绩呢。其实他挺聪明的，你见一见就知道了，将来肯定能考个好大学的。这孩子我就托付给俞老师你了啊。"

"……"

"这件事真的就拜托俞老师了，我真的是走投无路了，要不是芳姐给我引见你，我真都不知道怎么办才好了。芳姐我们都是很好的姐妹，所以，无论如何，还请俞老师帮帮忙呀。"

"……"

"好的好的。"夏妈妈脸上露出了笑容，"那就明天晚上见。我记牢了。谢谢俞老师呢。"

挂了电话后，妈妈舒了一口长气。随后她朝夏宁屿笑笑说："要是他真肯帮忙，你进青耳中学问题就不大了呢。"妈妈甚至高兴得哼起了小曲，并且做了儿子爱吃的红烧肉，可是不知道为什么，夏宁屿却觉得心里被塞了满满当当似的棉絮。

男生夹了最后一块香喷喷的红烧肉的时候，发现妈妈脖子上的金项链不见了。

其实不问，也知道为什么。

饭店是俞姓老师选的，显然这里是他平时常来的地方，跟服务员都很熟悉，菜单在几个人手中传了一圈后，俞老师一个人包揽了点餐的权利。清蒸鲑鱼、山参老鸡汤、新疆扒羊腿、三文鱼、爆炒龙虾……菜名一道道报过来，夏宁屿有点心惊肉跳，这老东西不仅能吃，而且也太能吃肉了吧。俞老师一口气点了八道菜后，"啪"地把菜谱一合，得意扬扬地说："这些就可以了。其实，点菜也是一门不小的学问呢。"在等待上餐的大部分时间里，三个人就听着俞老师对于美食的一番评头论足了。

夏宁屿并不知道老师的全名，只是跟着芳姨和妈妈一口口地叫着俞老师。客套之外，无疑要接触到核心问题。顶着一头白发的俞老师脸上露出为难的表情，推托说怎么说这孩子分也太低了吧。才四百来分，别说青耳中学，就普通高中也拿不出手去呀。芳姨最会圆场，立刻接下话茬儿说就是因为难办才找到俞老师的，别人谁都办不了的俞老师也能办得下来，俞老师就是本事大。说完又给夏妈妈使眼色，夏妈妈心领神会，立刻从包里掏出一个信封，里面装了满满当当的百元大钞，目测之下，也是会有一万块的吧。

俞老师眼睛一亮，端起面前的一杯酒，仰起脖子喝光之后，立即拍着胸脯说这事包在他身上了，一点问题也没有！

从饭店出来后，俞老师走路有点晃。夏妈妈忙嘱咐小屿过去扶一下俞老师。根本说不上什么早有预谋之类的，只是，第一印象就是那么那么讨厌这个人，特别在他吹嘘自己是多么多么厉害的时候，夏宁屿只是恶心得想要吐掉。把妈妈站收银台辛辛苦苦赚来的血汗钱白白送给这样的人，总是心有不甘。于是手悄悄地伸进了他的口袋。

05>>>

出门前，夏宁屿掏了掏口袋，然后一手拉开门朝妈妈喊："妈，帮我从储蓄罐里倒些零花钱出来呀。"

"好。"夏妈妈应了声后匆匆朝儿子的卧室走去，看了眼摊在床上的被子，无奈地摇了摇头，真是不知说了多少回起床要记得叠被子，却老也记不住，他的卧室一眼看过去就跟猪窝一样，抓了几个硬币转身出来递给夏宁屿，嘱咐着记得路上注意安全后，夏妈妈暂时放下了厨房里的活，到夏宁屿的卧室去整理被子。

叠完被子放在床头，用手压了压。又将横在里侧的枕头够了出来想压上去，当夏妈妈拎起枕头后，看到的却是一个被塞得鼓鼓的一个牛皮纸信封。

不敢相信地打开来，是一叠崭新的钞票。

从什么时候开始保留了这样的习惯。

出门前要带上一把硬币塞进口袋里，给遇见的每一个乞讨者一毛钱。这样的行动常被引来诸如"做作"、"虚伪"或者"傻瓜"、"笨蛋"等两种充满贬义的评价。前者一般是不大熟悉夏宁屿的人，看见他这么做，会觉得他这种行为是起高调故意引起别人注意的伎俩，后者一般都是男生身边的熟人，知道他这么做绝非想赢取什么，倒是在他施舍钱财的时候常常提醒现在乞讨的人多是骗子。夏宁屿指着在地上靠双手走路的残疾人说，就算他是骗子，你不觉得他也很可怜么。再怎么说，我们也是比他要强上很多的人啊，一毛钱也是我现在能给得起的。

这样的男生，一般长大之后都最想做慈善事业，想成为大慈善家。

所以他最羡慕的人是李连杰，不是因为他的功夫和电影，而是因为他做了壹基金。夏宁屿在学校成了这个慈善项目的免费宣传员。

那些长手长脚的男生起初会笑话夏宁屿，伸过长长的胳膊一把搂过不算高大的夏宁屿，嬉皮笑脸地说你的脑袋是不是被门给夹过了。

这些都是不了解夏宁屿过去的人。

了解他的人都有谁？

顾小卓算是其中的一个吧。她知道他的很多历史。换句话说，在那段可能算得上是夏宁屿一生中最凄惨最狼狈的时光里，他遇到了顾小卓。

那时的夏宁屿，被寄养在远房亲戚家里，因为备受虐待，从被寄养的人家逃了出来，差不多三天没吃东西的夏宁屿倒在了顾小卓家的门口。昏倒前响起了尖锐而细长的小女孩的哭叫，那是顾小卓无疑了。

都是许多年前的事了，想起来就跟是一场梦似的。

前一天晚上刚进家门，俞老师就挂了夏妈妈的手机。

大致意思是说谢谢你们的款待，小孩子头顶灵光得很，真不是我这样的老师能指点得了的，凭这聪明劲，将来读大学肯定没问题。

夏妈妈也不知道说什么好的时候，那边已经收线了。合上手机之后，夏妈妈转过头来冲儿子说，这个俞老师还真是怪怪的哦。

夏宁屿支开话题："妈，你以后少喝酒。"

此时此刻，站在儿子卧室里的夏妈妈，手里攥着那一沓钱，才想起了昨天晚上的电话，那种恼怒铺天盖地般朝自己劈面袭来。

头像是要裂开了一样的疼。

06>>>

夏宁屿在百盛一楼卖黄金饰品的地方收住了脚步。站在远远的地方看过去，穿着整洁的售货员小姐僵着一张脸在珠光宝气的柜台后站着，偶而抬起眼，流露出来的却是警戒。

靠，以为我来抢珠宝啊。

夏宁屿抓抓后脑勺转了一个方向。

十六年前的今天，夏宁屿来到这个世界上，在自己出生的这一天，他和妈妈被爸爸抛弃。

长大的这么多年，他甚至想过"死"这样的字眼，觉得自己来到这个世界是个错误。可是这孩子并没有就此真的一败涂地下去。等到他长大到多少懂得一点人生道理的时候，就比别的孩子更清晰更深刻地意识到自己和母亲之间的血肉相连。

比自己更不幸的是妈妈。

怎么说，自己还是孩子，还可以因为"孩子是无辜的"之类的借口得到怜悯，而跟自己血脉相连的妈妈则不行，她要背负着道德败坏之类的罪名，因此不被社会所容，连找到一份谋生的差事都成为奢侈之事。

比自己活得更辛苦更艰难。

妈妈才是需要保护的人吧。

在街坊邻居们纷纷朝向妈妈的复杂而异样的目光里，夏宁屿攥紧了拳头。从记事起，夏宁屿都记得妈妈的生日，没有钱的时候他自己做小礼物送给妈妈，甚至包括一只用泥巴做的玩偶，后来则用自己积攒的零花钱给妈妈买廉价的化妆品。一直到今天——

都是因为自己升学的事，其实夏宁屿也是心知肚明，妈妈脖子上的项链是拿出去当掉了。他手里攥着一千块钱——妈妈是那么爱美的人，所以在她当掉那条项链的时候一定很心疼的是吧——要是给妈妈买一条更漂亮的项链回去，她一定会很开心的吧。

夏宁屿垂头看着柜台，指着其中一条价格在1999元的项链喊服务员拿出来看。从柱子后面应声走过来的人在看到男孩的瞬间，灿烂的笑脸消失了。

"怎么是你？"

夏宁屿微微一怔，明亮的灯光下女生的脸显得有些不真实。"顾小卓？你不读书了，你来工作了呀？"

小卓微微仰起下巴，一脸说不上是骄傲还是倔强的神情："看到我今天沦落到靠上街打工来维持生活的样子，你心里会冒出罪有应得之类的想法吧，你也会觉得很开心，是吧？"

"我并没有这样说。"

"可是你的眼睛就是这么告诉我的。"

男生搔了搔后脑勺："哈，我的眼睛还会说话啦？"

"哼。"顾小卓对男生的调侃根本不屑一顾，而是话锋一转，"不过你也不要高兴太早哦。"

07>>>

夏妈妈很少跟儿子说起以前的那些事。一是觉得自己的人生很失败，未必要当做反面教材来展示给小孩子看，羞于启齿，对自己也过于残忍；二是觉得这么多年，苦多于甜，即便不说，夏宁屿也会有所感知，将来会越来越好，那就少回顾点过去，多盼望点将来吧。但架不住夏妈妈有一好姐妹芳姐，她把夏妈妈所有的事都跟夏宁屿翻来覆去地讲了好几百遍。

芳姨给夏宁屿上忆苦思甜课的时候每次差不多都这么开头：要不是你妈当初是个美人坯子，你能长得这么秀气，我跟你说，好看就是资本，将来你靠这个吃软饭都可以活得很潇洒。每次说到这，夏宁屿都忍不住翻翻眼睛以示嘲讽。芳姨才不肯作罢，哦呀呀，你是不是觉得你芳姨我特俗，我跟你说，整那些清高的没用，就跟当年你妈似的，一心追求啥爱情，结果就碰上你爸那么个花花公子了，到最后又怎么样，还不是生生被人抛弃了。要说都是你爸的错也不尽然，你妈当年能像我这么清醒哪会遭这么些罪？

夏宁屿心想，那样的话，这个世界上就没我了吧。

时光飞速翻转倒退。

夏宁屿出生的那个夏天。连续的暴雨使得天气变得特别清爽，云朵飘到离阳光更近的地方点缀着天空。从医院里抱着孩子走出来的夏妈妈一脸豁达。倒是一旁的芳姐愁容满面。

"你以后怎么生活啊。"

"我就不相信他那么狠心，就算是不顾及我，他总得顾及一下他的儿子啊。"夏妈妈低下头，看着怀里的孩子，"就算是他不回来，我也一样可以把他带大。"

冷酷的现实狠狠地扇了年轻的夏妈妈两个耳光。

响亮得连芳姐都觉得疼。

那个姓夏的男人不仅没有回来，反而在上海安了家。而夏妈妈并没有与男人办理结婚手续，所以就算是男人后来富裕了，夏妈妈也根本没有办法获得一分钱。更因为未婚先孕，年轻的夏妈妈承受着从未遇到过的巨大的舆论压力。

如果单单是舆论压力也倒还好。

舆论渐渐波及现实的层面上来，本身学历不高的夏妈妈在这个不大不小讲究社会风气的小城里变成了一臭名昭著的女人，再没有男人乐意跟她靠近，更没有随便一个什么职位适合她来做。

在一年多之后，手里的积蓄被渐渐花光，夏妈妈不得不为生存而犯愁了。

芳姨说到夏宁屿被送人一节也是百般感慨。

"要说也不怪你妈心肠硬，那也是没办法的事。"芳姨甚至抹了两把廉价的眼泪，"那时候要再挺下去的话，估计你连小命都得搭上。"

带到夏宁屿三岁那一年，夏妈妈再也无力支撑下去了。更糟糕的是，夏宁屿感染了肺结核，别说求医问药，就连如何活下去都成了问题。当时芳姨给夏妈妈介绍了一个对象，那男的将近四十岁，对夏妈妈带着小孩子特别不满。芳姨当时就出主意叫夏妈妈把孩子送给别人寄养一段时间。无奈之下，夏宁屿被送到附近褐海的一户人家。

夏宁屿最后还是买下了那条项链。

顾小卓饶有兴趣地看着夏宁屿，白着一张脸问："买给你女朋友？"

夏宁屿举着金项链神秘地朝顾小卓一笑："给我生命里最重要的女人。"

"谁？"

"我妈呀。"

"有钱真好。"

"你家不是很有钱么？"

"要是我家很有钱的话，我至于在这里替人站柜台赚钱么，至于么？"女生撇了撇嘴角，"我家现在非常穷非常穷，就像是你小时候一样。"

"有时连饭都吃不上？"男生不相信似的看过去，"都啥时代了，不至于那么凄惨吧。"

顾小卓在男生关切的表情下慢慢松弛下来。

其实自己内心里并不反感这样的男生，甚至有点羡慕，有点惊讶，跟小时候那副又臭又硬脏兮兮的模样比较起来，简直是判若两人。可是依旧不能释怀的是——

夏宁屿在褐海仅仅被寄养了不到两年的时间。芳姨介绍给夏妈妈的男人是个不靠谱的货色，单身下来的夏妈妈跑到乡下去看望夏宁屿，当即被夏宁屿的惨样给震慑住了。才刚满五岁的孩子居然要跟着大人一起做煤球，他一个小孩能做什么，做不好就是一顿毒打。看见妈妈时，孩子眼睛一亮，眼泪就下来了。

夏妈妈借口说把小孩带回青耳住上几天，就计划着再也不送回去。

照旧面临生存的压力。

更何况，离开了之前男人的资助，没有任何文凭的夏妈妈也仅仅能够养活自己，有时连糊口也显得艰难。夏宁屿又被送到一对没有子女的远房亲戚家去寄养。平时一个月，夏妈妈过去看一次夏宁屿。

六岁这一年，夏宁屿第一次见到了顾小卓。

少年眼睛漆黑明亮，吸引住对面窗户里的顾小卓。她嘴里叼着棒棒糖问："你叫什么名字呀？"因为犯错误，被反锁在家里的夏宁屿肚子饿得已经前胸后背都贴在一起了。他没出息地咽了几下口水，声音响亮地说："我叫夏宁屿，你能给我点吃的么？"

"为什么？"

"我已经饿一天了。"

"那你为什么不吃东西。"

"他们不给我东西吃。"

"我家有很多好东西的。"那时的顾小卓家里开着一家便利店，生意很是兴隆，不过对于小孩子来说，美食则是最大的诱惑力，"有手指饼、棉花糖、巧克力威化、雪饼、火腿……"在顾小卓说完了长长的一串美食后，夏宁屿的眼睛已经放射出两道光芒，可是，那道光芒随即熄灭了。因为她说："可是，你要是想吃到这些东西是要花钱的，我妈说了，没钱可不行。"

跟顾小卓的关系显得有些尖锐。

不过大大咧咧的夏宁屿很快就忘记了这些。下次见到顾小卓的时候照旧是嬉皮笑脸的少年模样，因为想要一个棒棒糖还帮这女孩背过书包。那时夏宁屿已经开始读入学前的学校小班了，每天赖在顾小卓的屁股后面想从她那得到一些好处，因为寄养父母常会因为一点小事发脾气，惩罚他的办法就是不给他饭吃。那一天也是如此，没吃早饭的夏宁屿中午想跟顾小卓要一点，却被她当着很多小男生的面热火朝天地嘲讽了一番。

"要是你跟大家面前承认你是一个要饭花子我就把饭分你一半。"顾小卓说完，回头朝身后的男生做鬼脸，其实主意是后面的男生出的。

夏宁屿嬉皮笑脸地说："要饭花子怎么了，要饭花子也要吃饱肚子才有气力讨饭吃的。"

"你是饭包啊，除了吃就是吃。"周围的人因为顾小卓的这句话纷纷笑了起来，前所未有的虚荣心充斥着小女生胸腔里的每一道血管，忍不住炫耀起来，"你们都不知道吧，夏宁屿是寄养在这儿的孩子，他是个私生子，所以，收养他的吴叔叔平时经常打他，不信你们都过来看看……"说着一把扯起夏宁屿的胳膊，将袖子撸起来，小臂上有一道红色的伤痕。

那一刻，屈辱感油然而生。

夏宁屿将顾小卓刚刚递过来的饭菜摔在了桌上，转身就走。

而放学时，顾小卓则非常不幸地被几个高年级的男生劫持在了街角。而中午时，那些跟她一起取笑夏宁屿的男生们纷纷作鸟兽散，根本不顾她的求救讯号，因为害怕，泪珠已经挂在了女孩的眼角。就在一个高个子男生将手探进了小女生的口袋里时，夏宁屿大呼小叫地举着一块砖头冲了出来。

他龇牙咧嘴的样子吓退了很多人。

回去的路上，顾小卓跟在夏宁屿的身后，憋了半天还忍不住说了句："你是不是喜欢上我了啊？"

夏宁屿转过身来看着逆光站定的小女生，吐了吐舌头，语气竟然也怪起来："你还是送给我一个棒棒糖比较实际，我都快饿趴下了。"

10>>>

推开门来，夏宁屿看见妈妈正怒气冲冲地看着自己。

　　夏宁屿知道事情已经败露，索性也就直截了当。"妈，你相信我，在哪里读书，只要我是金子，都不会被埋没的。所以你给俞老师的钱被我'拿'了回来。我只是不愿意看到你做那样的事而已。何况，还是用当掉你金项链的钱。"说着，男生举起了一条明晃晃的项链，"我送给你一条！"

　　夏妈妈忍不住刷刷地流下了眼泪。

　　这么多年，夏妈妈最担心夏宁屿重蹈十几年前的一幕，就是偷盗别人的东西。时光翻转倒退到多年以前，夏宁屿在一个午后偷偷跑回市区的家里来看望妈妈。他被眼前的一幕吓住了，因为身无分文，快要三天没有进食的妈妈几乎要饿死在床上，又赶上生病，连走出家门的力气都没有。

　　"小屿回来了，能不能给妈妈弄点吃的？"

　　"好。"小男孩眼睛里的光亮被点燃了，"妈妈，你要等我哦。"

　　两个小时后，夏宁屿扯着一袋牛奶和一条毛毛虫面包急匆匆地跑了回来。就是从那时起，夏宁屿为了供养妈妈活下去，开始了偷盗生涯。

　　那一年，他十一岁。

　　十三岁的时候，他被人擒到，送到了少管所。抓他的人就是顾小卓的妈妈，夏妈妈前来求情，说是自己要顶夏宁屿去认罪什么的，却顶不住顾妈妈一副义愤填膺的正义劲儿，顾妈妈把之前店里被偷的东西一并扣到夏宁屿的头上，说是要拿枪崩了他也不为过。看来，顾妈妈的确是很生气，擒拿时拿板凳敲破了小男生的额头也是证明。

　　后来照片上夏宁屿鲜血横流的照片也使很多人站在了孩子的一边，就算是贼，也未必要这么凶悍地对待吧，何况还是孩子。

　　"何况"这样的词接下去的内容是会对前面陈述的事实造成扭曲的，新闻报道的介入很快改变了舆论的方向，当十三岁的夏宁屿靠偷窃供养了生母两年的事实被戳穿后，同情的舆论潮水一般涌向了小男生，而指责和唾沫则纷纷对准了顾家，甚至有人在半夜的时候拿砖头砸碎了顾家的玻璃。

　　半夜里从外面刮进来强烈的冷风，黑黢黢的天空上走过黑色的云朵。顾小卓被惊醒之后怎么也睡不下，闭上眼就是夏宁屿被警察带走时头破血流的样子。他当时没哭，脸很冷。唯一的话是："警察叔叔，我要是被抓起来，以后谁挣钱养活我妈呀。"

接下去的事发生了谁都不曾预料的逆转。

顾小卓家的便利店遭遇生意上的冷清还仅仅是厄运来临的前兆。顾妈妈因为面临巨大的舆论压力而显得精神恍惚，以至于在一天去批发市场进货横穿铁路时被火车碾过，当场死亡。顾小卓觉得在妈妈死去的那一天，她就开始恨夏宁屿了。

随后爸爸下岗。

生活由富裕转向拮据。

很多年来，自己的生活费有相当一部分靠自己假期出来打工来获取。

夏宁屿下午在面对顾小卓的时候有点茫然。

面对女生机关枪一样的语言攻击，男生的表情慢慢凝重起来。

"原来是这样哦。"以及"后来竟然发生了那么多事"，"你妈妈都没了"之类的话终究还是无关痛痒的感叹而已。夏宁屿也并非不知道，只是除了这些不知道说什么好，更难以直面女生的泪水滂沱。

"就算是报应了吧，看到我们这个样子你是不是很高兴啊？"

"你莫要以为你现在有钱了就可以看低我们，你也要记得你当初也有穷苦得活不下去的日子，而且，如果你在我这里买一条金项链，仅仅是对我的假惺惺的施舍的话，那么麻烦请你收回，没有你的这些施舍，我同样可以活得很好。所以，我不会对你表示感恩。

"夏宁屿，如果说要谢谢你的话，就是那天中考，我本来是故意出了那个小意外的，因为怕给爸爸造成更大的经济负担，我想主动放弃读高中的机会，以我的成绩，考上青耳中学是件很轻松的事。可是我却偏偏遇到了你，你点燃了我的仇恨，你让我想起了那些旧事，你让我的难过排山倒海，那一刻，我就想，为了不输给你，我改变了主意，就算遇到再大的困难，我也一样要努力，要在将来的一天彻底将你打败。所以……夏宁屿，我可以告诉你，我已经拿到了青耳中学的录取通知书了。我得谢谢你，要不是因为你的话，我怎么可能……"

男生举起了手，探在两人的空中，想要再往前伸一点，碰触一下眼前的女生，想看看她究竟是不是当年的顾小卓。

"其实你完全没有必要这样啊。"男生的眼角有点湿润，"发生了这么多意外，我完全不知道，我也不想知道，你妈妈去世也不是我所愿意看到的，你爸爸下岗也不是我制造的，对于你我来说，我们都曾生活在低谷，除了直面生活，任何仇恨和埋怨都没有意义。我记得并且明白的事就是，很多年很多年前，我就非常非常乐意赖在你身边了。"男生一只手搭在眉毛上，"如果把这份依赖说成喜欢的话，也不为过。"

"啊？"顾小卓看着男生的脸，冷漠慢慢融化。

"所以，就算赎罪也好，从今天起，请让我来照顾你。"夏宁屿将那条金项链提在手，在空中晃了晃，"喏，麻烦请帮我开个票吧。"

第二回

我不难过、不怨你、不
恨你、不绝望。
不会忘记过去一些美好
的东西。
所以请你也要这样。

生活像是一个巨大的黑色隐喻。

很多事，其实是没有办法说出来的，说出来了等于是自取其辱。记得妈妈还活着的时候，有一次跟以前下岗前单位里的同事聊天，说起下岗后的一段时间里，家里穷得揭不开锅，甚至有两天没有吃饭的可怕经历。对方摆出一脸的不可相信，嘴上质疑的口气更是咄咄逼人，说着类似"至于么，说得太夸张了些吧"之类的话。转念看向妈妈的表情立即冰冷起来，推托说着"哦呀，不过你现在总算好了，开了自己的便利店，比我们这些工人强好多倍呢，我现在可不行，连供小孩读书的钱也没有呢"，就连站在一旁的顾小卓也听出了那人的意思，就是我很穷，所以无论你多穷，请不要借钱到我头上来。

其实，完全没有必要像是避瘟神一样躲闪着自己。

看着那人十万火急地找了借口跟妈妈道别，密密麻麻的伤心从心底涌上来，一下一下戳着小女生柔软的心脏。

说起来，妈妈也曾是强势的女人。

原来在单位里也是很能干的人。作风硬派，属于女强人一类，但做事心切，难免说话会不分场合，也得罪了不少人。饶是这样，下岗那年，厂长还是派人多给了妈妈一千块钱的下岗补贴，还有一张奖状。

妈妈回来的时候笑嘻嘻地，说这可能是她这辈子得到的唯一的奖状了。

说着说着，眼睛跟着就红了起来。

而这还是辛酸生活的开始，很多时候，顾小卓都跟着妈妈在街上捡别人喝光的饮料瓶用以换钱，一个能卖上一毛五分钱，顾小卓想，要是可以不去学校读书，每个星期花五天的时间来拣这些东西的话，将会是一笔不小的收入。

后来，妈妈经营起便利店。

经济情况逐渐好转，而对门的邻居忽然之间也多了一个与自己同龄的男孩，起初并不知道他叫什么名字，后来邻居上门来拜托由自己带领着新来的男孩一起去上学，她便又有了很多新鲜和满足感。

那段旧时光连回忆起来的时候都闪烁着光。

叫做夏宁屿的男生，肩上的书包长长地垂到屁股下面，看向自己的目光游移不定。小女孩便一眼认定了这小男生必定不是自己的对手，吃准了可以对他呼五喝六，也不知道哪来的那么大的控制欲，挖空心思地得到了关于小男孩的一切信息。

生来被父亲抛弃，母亲无力供养，便寄养在亲戚朋友家。在此之前，已经辗转过几个地方了。从那一张悲戚的脸上就看得出来，生活比自己更不如意。但毕竟年龄尚小，没那么多对生活的感慨，一起玩耍了两三天，感情也就建立起来了。

那时候顾小卓是经常会欺负夏宁屿的。不过，话说回来，毕竟那么多次地帮过他，欺负他一两下也是应该的。

比如说：在别人嘲笑夏宁屿衣服烂得跟叫花子一样时，顾小卓会立即去跟老师打小报告之类的。这些碎片一样的少年旧事里，顾小卓记得最清楚的是，夏宁屿曾经用非常非常认真的表情跟她说他一定会报答她的。

顾小卓歪着头说："怎么报答？"

夏宁屿窘红了一张脸："我要让你永远快乐。"

小男生的话说得太文艺腔，以至于顾小卓一直怀疑自己的脑子出了问题，难道自己真的经历过那么浪漫的童年？

之后的几年，风平浪静，生活重新步入安宁淡定的轨道。

就在一切都在好转的时候，顾小卓的妈妈出了车祸。

而在出车祸之前的三个月，妈妈亲手逮住了到便利店里来偷东西的夏宁屿，并且毫不留情地将他移交给警察。尽管自己当时还跟妈妈闹过别扭，说过再怎么样也不至于送去坐牢之类的话，但随后因为舆论的导向全部转向弱者，外界把妈妈塑造成一个狠毒心肠的悍妇的时候，顾小卓还是忍不住站到妈妈的立场上来。

况且，妈妈出了车祸这件事，跟由夏宁屿引来的舆论压力多少也是脱不了干系的。

生活就是这么充满戏剧性，有时候写成小说都未必有人会相信。

西门庆认识潘金莲的方式。

一盆脏水从天而降，淋湿了顾小卓，臭臭的，说不定是洗脚水呢。还真是倒霉啊，白天时候跟饭店就窝了一肚子火，因为要上高中，顾小卓想赚些学费来减轻爸爸身上的担子，不得不忍气吞声。原因说起来就是一家三口去店里吃饭自带了饮料，老板之前曾明确说过本店谢绝客人自带酒水，虽然顾小卓对这条规定很是嗤之以鼻，但看到有顾客自带了饮料还是会上前提醒。没想到这次却遭到了顾客的大声斥责，双方你来我往，最后已经下了单子的饭菜也没有要，这还不算，还将一瓶饮料泼到了自己脸上。做这些的，是一个中年妇女，跟她一起来的是她丈夫和一个跟自己年纪相仿的男生，大约是他们的孩子，两位男性都黑着一张脸什么话也不说，看起来像是给女人撑腰，又有点置身事外的意思，最后到底是丈夫说了句"不要再闹下去了"才算罢了。为此，顾小卓遭到了老板的解雇。

回家的路上，顾小卓越想越气，最后就要哭出来的时候，从天而降了这么一盆脏水，小宇宙彻底爆发。

她抬起头来朝还愣在窗口的男生破口大骂："你瞎了眼啊！"

男生立即缩回了头。

周围人嘻嘻哈哈地笑起来。路灯鳞次栉比地从远处一路亮过来，女生觉得自己置身于一片嘈杂而混乱的世界之中，明亮的天空渐渐被墨色的黑暗取代，她的整个胸腔像被塞满了炸药，反正早晚也是死，索性死个痛快。于是抬眼瞄了下泼下脏水的窗户，快步折向门口进入小区。

崭新的小区，是有钱人家才买得起的房子。

有钱就很了不起就可以随意往人家头上泼脏水么？顾小卓抿了抿嘴，把想要掉下来的眼泪忍了回去，径直上了楼。

持续的拍门声。

拉开门后的一张脸叫女生有种立即去死的想法。

感觉自己像是伸长了脖子给仇人砍。

开门的这位男生竟然是下午在饭店里同自己吵架的那位更年期妇女的儿子。不消说，跟着传过来的"青木啊，谁那么大声地拍门哦。你快去看看"的说话人也就是自己的死对头了啊。

男生高瘦的身影挡住了顾小卓望向里面的视线，噼里啪啦的声响里，对方的母亲究竟在做些什么，顾小卓也不是很清楚，但她知道，再过一瞬，那个可恶又刻薄的女人发现自己堵在她家门口，会掀起怎样的一场地震，想到这里，不禁有些腿软，但理亏的并不是自己啊，就算没有之前的事，平白无故泼到自己头上一盆脏水，找她理论还有错么。

顺着这样的逻辑推理下去，顾小卓觉得身体立刻被灌满了力量。她挺了挺背，强迫自己表现出一副从容不迫大义凛然的状态来。就算是刚刚与自己交锋过的凶悍妇女冲出来再跟自己大干一架的话，也无所畏惧。事情发展到这一步，既然命运如此捉弄人，那么不拼个头破血流绝不回头。

跟着传来了女人的询问："青木哦，门口到底谁呀？"

男生脸上掠过一丝惊慌。顾小卓看得真切，尚来不及反应，就听见了被唤做青木的男生的回应。

"是我们班的同学了。"

"你同学呀！"突然拔高的声音，然后是脚步声朝这边响过来，显然她对于青木的同学充满了友善和热情，"那怎么叫人家站在外面哦，快进屋坐会儿吧！"

"啊——"男生的脸白下来，"不用啦！事说完了她就要走了呢。"说着动作麻利又迅速地跨出门来，一只手伸过来牵顾小卓，空下来的另一只手用力地关上防盗门。然后狡黠地眨了下眼睛，"快下楼！"

朝着漆黑一片的楼道扑通通踩下去，感应灯跟着一盏盏亮起来，于是顾小卓也在光亮刺进瞳孔的时候听见身后对方母亲的追问："这么快就走了啊。"紧跟着是一句突然拔高音量的惊呼："啊？！青木，你这孩子怎么也不换鞋子就出门啊！哦哟，这样不讲卫生，将来怎么会讨到好老婆！"

听到这里，顾小卓忍不住扑哧一声笑起来。

急匆匆朝前赶的男生听到女生的笑声后，忽然停下来，跟触电一样松开了抓住女生的手，然后脸跟着红起来。慢慢垂下的眼睑，以及微微变换弧度的嘴角，使顾小卓对这个本应该是仇人的男生，竟然没有多大的恨意呢。

"对……对不起唉。"男生吞吐地说着。

"为什么？"其实大抵也知道男生的意思，却还是习惯性地追问了一句。

"我妈她太凶了。"男生抬手抓了抓头发，一副苦恼的架势，"她那人就那样，得理不饶人的。所以，我怕你不是她对手，才……"

顾小卓那一刻的心理活动尤其复杂：一是，切，就你妈那咄咄逼人的气势，别说有理，就是没理，也是不饶人的那伙的啊；二是，"对不起"原来仅仅是指刚才你冒失地抓我的手啊。那下午被你妈气到吐血，适才又莫名其妙地被泼了一盆脏水又算做怎么回事呢？

虽然这些并没有被说出来，但男生像是看穿了女生的心思，又是连说了两声"对不起"，之前顾小卓因为愤怒而慢慢收缩绷紧的心脏，这才缓慢地放松下来。两个人说话声音都不大，加之站在楼道缓台处没有移动，感应灯早已经灭下去。黑暗中，男生并没有看到顾小卓的莞尔一笑。所以还是诚惶诚恐地询问着："你没事吧？"

"没事。"顾小卓应完这句话，肚子十分不争气地叫了一声，于是不假思索地跟着说："不过很饿，你看连肚子都在抗议了。"

"那，请你吃晚饭吧。"男生大方地发出了邀请，"去楼下那家新开的米线店吧，还赠送免费的雪碧呢。"

"什么由头呢？"

黑暗中男生闪闪发亮的眼睛暗淡下去，"就算是替我妈给你赔不是吧。"想了想又补充道："也未必就是那样，总之，对于她伤害过的人，我全部怀有歉意。她总是蛮横地做事，做错事，一桩一桩，不可原谅。"

"呃，你那么不喜欢你妈呀。"

"不是不喜欢。"男生顿了一顿，"是厌恶。"

同样是黑暗中，手里端着从马勺里盛出来的热气腾腾的面条，男生的母亲觉得心脏像是被谁的手攥成紧紧的一团。

喘不过气来。

——"我妈她太凶了。她那人就那样，得理不饶人的。所以，我怕你不是她对手，才……"

——"就算是替我妈给你赔不是吧。也未必就是那样，总之，对于她伤害过的人，我全部怀有歉意。她总是蛮横地做事，做错事，一桩一桩，不可原谅。"

——"不是不喜欢。是厌恶。"

03>>>

那天，青木请顾小卓吃的是海鲜米线，十五块钱，加了一小碟肉酱，总计十八块钱，两瓶饮料是因为新店开张免费赠送的。顾小卓在自己的碗里加了不少麻油。因为本来就是半瓶，这样凶猛地加了三五次之后，顾小卓扭过头去朝服务员要新的一瓶，男生的表情终于沦为瞠目结舌的状态。

"吃那么多不会麻呀？"

"吃的就是麻啊。"

男生慢吞吞地抬起一张脸来看着对面的顾小卓，犹豫了半天，才喊出了一个"唉"字。

"怎么了？"

"我跟你这样的陌生人第一次那么讲我妈，你是不是觉得我特傻，然后挺瞧不起我的？"男生拿筷子胡乱地拨着碗里的汤面，"你一定不会这么讲你妈妈的吧。"

顾小卓怔了下，本来空空荡荡的胸腔里什么都没有，之前的愤怒也因为遇见这样匪夷所思的男生而慢慢消融，私下里只是有些小气又卑鄙地想着，既然他妈惹我生气所以他来请我吃饭也是理所当然，抱着不吃白不吃的小人心态努力地往肚子里填充着米线。实际上未必有小时候妈妈做给自己的好吃。

略微带了一点赌气的成分。

可是男生的这句话，让她整个胸腔像是灌满了沉重的铅水，晃晃荡荡地像是要撑破身体，喷射出来。含着胸的女生深深地埋下了头，胡乱地往口中塞着无辜的米线。

却一口也咽不下去。

"你怎么了啊？"显然男生注意到了女生的异常表现，却因为之前缺乏安慰别人——确切地说，是缺乏安慰女孩子的经验——而只是徒劳慌张地看着对方的眼泪跟断了线的珠子一样朝浮了一层麻油的面碗里掉。"要不要面巾纸呀？"

顾小卓没有抬头，但可以想见男生胡乱地在身上摸索了一番，终于露出"呃，那包已经用完了"或者"忘记在外套的口袋里了"之类的恍然的神情，于是迫不及待地转头朝服务员喊着："服务员，有卫生棉没有啊？"

喊得很大声，等喊完了，所有堂食的人像是在一瞬间石化掉了。

服务员是个年纪大不的小姑娘，说起话来清亮有力，不假思索地应了回去："对不起，我店只提供餐巾纸，不提供卫生棉。"

男生一张脸在周围食客们的一片笑声中彻彻底底地红了起来。

顾小卓终于忍不住笑了起来，眼里却是含着一片水光。

说起来，妈妈已经不在这个世上多少年了？猛一想起这个问题，顾小卓居然愣了一愣，居然远到不经别人提醒，不经大脑计算思考便说不出答案的境地了。小卓想起了妈妈出车祸前，因为告发夏宁屿，而与妈妈发生的争吵。

用"你为什么要跟一个小孩过不去呢"或者"你的心肠怎么可以这样硬呢"之类的话来暗示妈妈的小气、自私、冷漠，得到的理所应当的是妈妈的毒打。妈妈把自己逼在柜台的一个角落里，手里拿着一根竹子做成的鸡毛掸子，整个人看起来浑身冒着杀气，一掸子抽下来就跟是抽在了她自己身上一样，眼泪跟着掉下来，哭哭啼啼地说着"就算养条狗也比养你强，你也太伤我的心了。你就这样伤死我得了"。

——就算是养条狗也比养你强。

——你也太伤我的心了。

——你就这样伤死我得了。

"那你去死好了。"顾小卓盯着妈妈的眼睛，一动不动，"我恨不得你去死。"

当时的顾小卓并无能力去抵御妈妈的压力，所以任由她发泄着怒气，说出的话却比对方要恶毒得多，像是妈妈就跟童话里吃人的大灰狼或者森林里的坏巫婆一样，一定会遭到诅咒，被人挥刀砍死。

——尽管也只是在被毒打的一刻才有的念头，却在日后想起时，挖心一般地疼。

毕竟妈妈只是像爸爸所说的刀子嘴豆腐心一样的女人吧。

想起来，"好人有好报"这回事真是欺骗人的论断。姑且不去说妈妈生前做的那些好事，但是把夏宁屿送进派出所之后的辗转反侧就可以看出她对于自己那个荒唐的举动有多懊悔，甚至在顾小卓大闹一番之后，她还跟爸爸自责起处理这件事上的冷漠和愚蠢。被爸爸安慰道"送进去教育教育也是好事，免得以后长大了成了真的飞贼"才算是舒了口气。饶是这样，她那些天看向顾小卓的眼神还是怯怯的，仿佛自己做了什么错事一样。

数起妈妈之前做的好事，按顾小卓的观点，应该足以使妈妈换个死法，而不至于如此惨烈。每当碰触到这些旧事，顾小卓都是一阵掏心挖肺地疼。

04>>>

"哎，路上要小心呀。"青木一手插在口袋里一手搭在顾小卓的肩膀上。

像是尽力要挽回之前丢失的颜面，于是小卓也开心放纵地说笑："你就这么泡女孩的呀，连送人回家都不肯。"

男生不负众望地露出了一副"你还真是麻烦"的表情来，轮到女生跟青木挥了挥手说："开你玩笑呢，你还当真了。"然后跳上了车，后一句话说了一半就被车门夹住了——"不管怎么说，谢谢你今天请我。"

晚上回去的电车上，想起了很久以前的事，很多说不清楚的情绪像是翻腾的浪头，一下一下拍打在胸口，感觉眼底溢满了泪水，揉了揉眼眶，却像是管理泪水流放的开关被拧紧，一滴水也流不出来。

并没有跟青木说自己已经没有妈妈，只是笑着抹干了眼泪，看着那个男生傻乎乎地跟自己一叠声地说着"对不起"。或许他是以为因为白天的事，顾小卓才突然情绪失控掉下眼泪来的吧，而因此内心里会有小小的鄙视，也或者是对女生敏感脆弱的感慨。这些都可以，只是善意地不希望他再说出那样伤人的话来。

——"我妈她太凶了。她那人就那样，得理不饶人的。所以，我怕你不是她对手，才……"

——"就算是替我妈给你赔不是吧。也未必就是那样，总之，对于她伤害过的人，我全部怀有歉意。她总是蛮横地做事，做错事，一桩一桩，不可原谅。"

——"不是不喜欢。是厌恶。"

05>>>

拐进小区就听见了吵架声。

说是吵架也不准确，单是一个女人的骂声。凭耳朵对于声源的判断，像是自己那个单元里的某个人家。顾小卓心沉了下，随即咧了咧嘴角，恐怕又是住在楼上的那家吧，前段日子据说男主人被捉奸在家，最近正在闹离婚，似乎一个礼拜要从头吵到尾，经常是在半夜的时候听见摔东西的声音震天响。

虽然影响了自己的睡眠，却也不好上楼去抗议。

再往前走了几步，突然听见一个熟悉的声音。

"唉，这个不能扔！"

"扔！都给我扔出去！"

顾小卓从女人沙哑强势的声音里判断出对方是自家的房东，而夹杂在一堆男人的吆喝声中的"那个是我女儿的书，你们不能随便动她的东西"的声音自然是爸爸。

小卓两眼顿时一片漆黑。

"哦呀，我就动了，你怎么着？"女人挺了挺胸口，"让你住到今天算是便宜了你，放别人，早就把你给撵出去了不是？"

"是是是。"之后是附和的声音，"可是……"

顾小卓已站在了门口，突然从里面扔出来的一本书落在她的脚下。她张了张嘴，还没发出声音，眼泪倒是先流下来了。

依仗着身后还站着两个人高马大的男人，女人的气焰更是旺盛到不可一世，毕竟从人数上占据着绝对优势，更何况对付的对象还不是一个健全人。

"我也不是要怎么样你，只是当初说得好好的，这房子最少要租上一年，你要学习用的桌子我给你添置桌子，你要冰箱我给你添置冰箱……我要是知道你只住半年我犯得着租给你住么。"

"我真的不是故意的。"因为焦急，爸爸伸手扯住了女房东想要继续往外抛东西的双手，"要不是因为女儿考上了重点高中，也就不会有事了。"

后面的男人推了爸爸一把："我们不听你那些原因。"

"可……"想要辩解却被女房东迎面而来的话拦腰斩断。

"现在你跟我说别的也没有用。"女房东厌恶地甩开爸爸的手，好整以暇地拉开挎在肩上的小包，"那，你之前预付的两个月的房租就不要想再拿回去了。"

"啊？"意料之中爸爸会有这样的反应，"为什么？"

"你耽误了我租房子呀。"女房东从爸爸面前挪过去，伸手在窗台上摸了一把，"我这可是新装修的房子，租给你这样邋遢的人真是我瞎了眼呢。而且，你是违约在先。所以……"

爸爸擦了把额上的汗，抬起头朝外张望，开头要说的话可能也是"求求你们再宽限几天"之类的，却一眼便看到了背着双肩书包站在门口的女儿，眼泪刷地蒙过了他的双眼。

他哽咽着说不出话。

顾小卓迈进屋子里来，声音响亮地朝向女房东："就算是我们违约在先，也没有必要跑到我们家里闹吧，虽然房子是你们的，但在我们租下它的时候，你随便跑进来把我们的东西搬出去，算不算私闯民宅，算不算偷窃，我可不可以挂110要他们把你们带走呢？"小卓从没有一刻比现在更镇定过。"你们尽可以说我们违约，并以此来扣押我们的违约金，但有什么理由在租期未到的时候将我们轰出去，让我们睡在大街上么？如果你不能给出充分的理由，那么请你们出去！"

顾小卓掏出了电话，按下了110，却没有拨出去。"还有，你们把房子租给我们，我们是用来居住的，我们不是你雇用的钟点工，负责你房子的保养和翻新，如果你觉得我们损坏了你的什么物件，也大可以向我们索赔。我爸爸是很干净的人，说他邋遢的人要不是眼睛有问题就可能是有洁癖的毛病。"她看着女房东难看的一张脸，"你们要是还不走，我就真的要把这个电话拨出去了。"

06>>>

息事宁人是爸爸做事的准则。

最终是双方互退一步，交平了水电煤气费用之后，房东给了他们一个礼拜的时间去找新的房子，而当月剩余的房租也就不了了之。对于这个结果，顾小卓很是不服气，想要跟对方去理论。爸爸却没有一点不开心的样子，眉开眼笑得像个老爷爷似的说着："吃亏是福，这社会哪里来的绝对公平？大家都退一步，海阔天空，钻牛角尖，就算是要回那点钱还不够跟他们生气的呢。"末了加了句："善举总会有善报的。"

顾小卓跟着问了句："那你说我妈算是好人么？"

正在把双脚放进盛满了热水盆里烫脚的爸爸皱了一下眉头："怎么说起这个来？"

"你说是不是好人啦？"

"是啊。"爸爸把脚从热水里拔出来，"她人好得很，就是说话做事有点粗，我刚接触她时，其实对她印象很差，不过后来时间久了，就知道你妈人很好，爱接济人，爱……"

"爸——"顾小卓难得地瘪了瘪嘴，"这些我都知道。可是她的善举最后得到的报应是什么呢？所以，请再也不要说善有善报这样的骗人的话了。"

因为想省去二百块钱的中介费，所以顾小卓跟爸爸一起去了青耳中学附近的居民区，一户一户地走过去，想要看到哪个小区的墙上有贴"出租房屋"的启事，电线杆上倒是看见了那么几张，夹杂在什么"招聘公关""寻狗启事"之中，电话拨过去，却被告知房屋已经被租出去，唯一的一家还因为价格根本谈不下来而放弃。中午的时候，两个人就在路边的一家小饭店要了两盘盖浇饭。

爸爸有些上火："不管怎么说，这个礼拜一定要找得到合适的房子。你下个礼拜就开学了，不能影响你学习啊。"

顾小卓摆摆手说："爸爸你别着急，多吃点东西才有力气找房子呀。"

事情显得有点焦头烂额。既不想通过中介多花那二百块钱，又想租到价格适中条件不错的房子，而且花费了大半天的时间，也没有建立起一点点成果，现实反而严酷地考验着父女二人。最先败下阵来的是顾小卓。

"实在不行的话，我们就去中介公司吧。不就是二百块钱么。"拎着一瓶矿泉水的顾小卓仰着头咕噜咕噜地喝了一大口之后，递给身后的父亲。"喏，你也喝一口吧。实在是太累了。居然比我在饭店做临时工还要累呢。"

从背后移过来的身影高高瘦瘦，连声音也仄仄狭长："这就累呀，等开学了军训那你还不要被累死啊。"

熟悉的声音，却一时喊不出对方的名字。顾小卓转过身，看见了一个笑眯眯的男生。两条眉毛安静地趴在眼睛上。

"我是阮青木啊。"男孩抬头看了看天，又伸手抓了抓头发，"这么热的天，你跟外面干什么呀。"

"找房子啊。"

"你们要租房子么？"

"是啊。"顾小卓把矿泉水的盖拧好，"爸爸为了我上学方便，想在学校附近找一处房子，我们好搬到这里来生活。"

"这样啊。"青木露出惊讶的神情，"正好我邻居家在别处有一套房子要出租呢。今天早上还跟我妈抱怨说广告登出去几天了，房子一直没有人来租呢。要不，我带你们去看一看吧。"

所谓山重水复疑无路，柳暗花明又一村，说的可能就是当下的顾小卓。本来是让她觉得那么棘手的一件事，转机一旦出现之后，却显得那么简单平顺。

新房东仍是个女人，比上一任刁蛮刻薄的老女人稍微年轻些。房子虽不是好房子，不过收拾得干净利落，又因是青木的好朋友。嗯，至少青木在向女房东介绍顾小卓时这样说的，所以女房东干脆利落地自行降了一百块的价钱，以每个月六百块出租了这一套七十平的两室一厅的房子。比起女房东的大度宽容来，她跟顾小卓年龄仿佛的女儿却给人留下了糟糕的印象。最初是蜷在沙发里吃瓜子，瓜子皮吐得到处都是；在看到顾小卓的时候，眼光跟刀子似的从下到上划拉了那么几下子，皱着眉走过的顾小卓听到背后飘过来一个凉飕飕的声音：

"喂，将来你是要住那间次卧的吧。"

"应该是呀。"顾小卓扭过脸来看着女生跟青木已经站在了一起，就跟是青梅竹马的一对小孩，一眼看过去，其实还是蛮顺眼的，"有什么吩咐么？"

"虽然这个房子破到我再也不想搬回来住了，可是，毕竟我在这里长大呢，所以，这墙上有很多我的涂鸦作品，你要记得维护，不许把它们弄坏了。"女生的下巴高高仰起，"你知道我为什么这么看重这些涂鸦作品么？"

顾小卓觉得女生无论说话还是行动，都做作得要命。可还是硬着头皮迎上笑脸: "为什么呀?"

女生顺手勾住一旁站立的阮青木的脖子,表情甜腻得像是一大块奶油蛋糕。"因为这些涂鸦作品是我跟青木哥哥一起完成的哦。"然后又转过脸朝向阮青木发嗲地求证, "是吧,青木哥哥?"

男生显然在众人面前被上下其手有些不自然,脸飞快地红起来,也只能连声附和: "是呀是呀。"

一旁的女房东笑着看过来: "翟晓,你就知道缠着你青木哥哥,一天到晚,烦不烦人呀。"

顾小卓立即看穿了两人的关系,也自然明白女生的意图。这哪是告诉自己莫要弄坏了她的涂鸦作品,完全是在向她炫耀她跟男生之间非同寻常的关系,并且示威说,就算你们是很好很好的朋友,并且将在同一所中学开始生活,那也不能跟我相提并论。

顾小卓于是开起了一个漫不经心的玩笑: "你家女儿跟阮青木还真是青梅竹马呢。"

这话说得女房东更开心起来,连连夸奖小姑娘会讲话,就是比自己家那位要强百倍。而只有在客厅中间站着的男生,脸红成了一片火烧云。

07>>>

不是冤家不聚头。

与所有开学典礼一样,校长大人的发言跟裹脚布一样又臭又长。等夏宁屿哈欠连天地转过头去后,正好看见了正襟危坐的顾小卓。

这是开学的第三天,从报到到分班以及一系列琐碎的入学手续。等一会儿校长大人讲话完毕,进入高中的军训生活就将正式开始了。而在此之前的三天,顾小卓跟夏宁屿就只有一次谈话。

"喂——"夏宁屿抬起胳膊朝背对自己的女生喊了一声,结果应声转过头来的女生有好几个人,只有顾小卓还心无旁骛地在黑板上写着"欢迎新同学"

几个大粉笔字。

男生只得硬生生地直呼对方的名字"顾小卓"，小卓僵硬着脊背转过身来，看着男生脸上露出的疑惑表情："你不认识我了啊？"

顾小卓饶有意味地笑了笑："你是谁呀？"

"原来你还是记恨我的。"男生眼里的光一瞬暗淡下去，"不过不管怎么样，我们又到一起了。"

女生转移了话题："你来这里没少花费心血吧。"

言下之意再也明显不过。

男生的神情跟着凝重起来。"你尽可以放大我施加给你的痛苦和不快，你也尽可以把你所遭遇的苦难全部归罪于我，但是我想向你证明，因为过去的那些事，我也一直想找个机会弥补，甚至想要跟你成为像小时候一样的好朋友。"男生揉了揉有些发红的眼，"你不可以轻视我，你也不可以将我看做一无是处的纨绔子弟，从前我不是，现在我一样不是！"

越来越多的人拥进教室。

阮青木提着两只红色塑料桶走进教室，看着对峙的两位，一脸嘻嘻哈哈地朝顾小卓走去。夏宁屿什么也没说匆匆走出教室。

"他刚才欺负你？"看着女生的眼睛有点红，青木不甘心地问，"要是有人凶你，你就来找我，我帮你去平了他。"

顾小卓咧了咧嘴，笑笑说："好呀。"

——并不是刻意要去恨你，也并非想要置你于死地，只是每一次你的出现，都让我不可控制地想起妈妈来。

——然后心口会发堵。这样的不舒服，难道不是跟你有关的么？

——不是么？

——所以，我是那么地不想见到你，一点一点也不想。

无论是顾小卓还是阮青木，都没有看到，站在教室门口，用毒辣锐利的目光看过来的人，像是一把刀要把人划破撕碎一般的残忍味道弥漫开来。

而那道目光的主人是翟晓。

08>>>

"还真是不公平呀。凭什么我们在这儿顶着日头军训，他却跟一边悠闲地睡觉呀。"

"就是就是！"

这是站在顾小卓身后两个女生的议论。她忍住心里的笑意，想着人家考个四百分照旧可以进这所全市最好的高中，就算光明正大地逃避军训也算不得什么，何况还是跟教官告假说自己有病了呢。这世界哪来那么多公平，连这点都看不惯，还真是幼稚。

其实顾小卓也并非有多超俗，因为自己比任何人都要敏感脆弱，所以才要使自己强大，强大到可以无视这世界上不公的地步，无视他人对自己的伤害。

后面的翟晓也不甘地加入了议论："你们俩知道个屁啊！人家老子据说在上海，是个大公司的老板，有的是钱呐！"

"有钱就很了不起呀？"看起来正义且无懈可击的还击。要是放在以前，顾小卓也是会这样说的吧。"我最瞧不起那种有几个钱就尾巴都翘上了天的人。"

翟晓还击道："那也得等你有了钱再说不迟。"

教官注意到队伍里有人在小声说话，严厉的目光看过来，人群里顿时声音全无。

"顾小卓！"

"报告教官！在！"

"你出列——"

纳闷的顾小卓左右看了看，心里想着，我并没有说话呀。但还是快步出列。

"去医务室看一下夏宁屿怎么样了，如果情况好转，叫他出来晒晒太阳，憋在屋里，难道要生出一身虫子来？"

其他人解恨似的大笑起来，只有顾小卓头皮阵阵发麻。

"为什么叫我去？"

"你班老师交代了。"教官看过来的目光笑吟吟的，"你是班干部候选人啊。在你过去九年的学生档案里，你可一直是班级的组织部长呢。"

以"拉肚子"的理由跟教官请的假，因为实在不清楚对方的来头，所以班主任交代教官这个学生可准予特殊处理，为了不招惹麻烦也就睁一只眼闭一只眼过去了。

夏宁屿进了医务室却一点上厕所的意图也没有了。

扯过绿色的迷彩服，从后面盖住头顶，以一个难看的姿势趴在桌子上睡觉。梦里面，看见了发光的大水冲刷着他的灰色的童年，他在水里面挣扎、呼喊，一直到看见岸边有个自称是自己爸爸的人奋不顾身地跳下了水，朝自己游了过来。他在恐惧中朝那个男人大声呼救。在梦里拼命挣扎求生的男生完全不知道顾小卓就不动声色地站在自己身边，看过来的目光好奇又难过。

顾小卓把倒在男生脚下的半瓶牛奶拣了起来放回桌面。

男生醒来时，顾小卓已经向教官汇报完毕。她完美地扯了一个谎，说男生拉肚子还拉得厉害，教官让她归队，而医务室里的夏宁屿喉咙发干，像是在梦里呼喊也能把嗓子喊哑一样，顺手拿过放在桌角的牛奶瓶，然后毫无防备地一口喝了下去。

再也不用装病了。

军训休息的间隙，男生们总是看着白着一张脸的夏宁屿表情痛苦地蹲在卫生间的便池上。幽默的男生甚至会走过去一手捏着鼻子一手拍着对方的肩膀问："你都快在这里蹲成石像了吧？"

夏宁屿皱着眉问："你知道谁在我桌上放了一瓶过期的牛奶不？"

被问到的男生一脸惊讶，然后若有所悟地连着"啊啊啊"地叫了三声，然后小声附在夏宁屿的耳朵上说着话，等站起来又恢复了一张笑脸。"不过你也要搞清楚再跟人家算账啊。还有最重要的一点，你身上都带了难闻的厕所味，我再不离开你，就要被熏倒了。"然后怪叫着跑开。

09>>>

夏宁屿在第二天成功地住进了医院。

尽管在医务室把所有的止泻药都翻出来吃了一遍，但还是不能阻止十分钟跑一次厕所，当天晚上还悲惨地发起了高烧，天还不亮，就被夏妈妈给送进了医院。

"怎么会拉得这么厉害？"夏妈妈忧心忡忡地看着躺在病床上输液的儿子，"不就是吃了一点海鲜么。你的胃肠还真是金贵。"

"好像是我喝了坏掉的牛奶。"顺口应下的话，却引起了夏妈妈的注意。

"怎么回事？"

"不要大惊小怪了。"

下午的时候，按捺不住火气的夏妈妈还是挂电话给了夏宁屿的班主任。

"呃，这个情况我还真是不了解呢。"班主任耐心地疏导着对方的情绪，"也谢谢你监督我们的工作，我会尽快查一查事情的真相。"

其实也只是安抚的话，当初不就是以"拉肚子"为名请假的么。所以走马观灯地询问了一番，而当时的顾小卓恰恰不在队伍里，而是被指派去给大家取水。

所以事实的真相最终还是没有水落石出。

一直到军训结束以后，夏宁屿精神抖擞地将顾小卓拦在了教学楼后面的一个墙角。

那些盘根错节的芥蒂，以及如同浮动的阴郁云朵一般的往事，一桩桩地记在心头，生了根，发了芽，甚至在一不小心的时光罅隙里长成了参天大树，对于彼此的厌恶已经成为一种思维惯式。

其实，有的时候，顾小卓也很清楚，不应该这样把所有的过错全部推卸到他一人身上，何况他还是一个不大的孩子呢。

可，横亘在她和夏宁屿中间的，毕竟是血淋淋的一条命，何况，那是顾小卓的妈妈。

"我想我们有必要谈一谈了。"

"有什么好谈的？"

"我知道到现在你还在仇视我，是不是？"男生伸出手支在墙上，这样靠身体围成的半圆将女生堵在了墙角，"所以，你在背后阴我，是不是？"

"仇视你？阴你？哈哈！"顾小卓一手打开男生的胳膊，"你这样的人，也配叫我轻视一下？"

夏宁屿的脸飞快地红起来："我什么样的人？"

"之前还说自己不是纨绔子弟，叫人不要看轻你。"顾小卓饶有意味地冷笑，"可是事实是什么样子的呢，你自己不是花钱挤进了这所学校么，军训时候你没有病硬是装出生病的样子去逃避军训，做出这些不光彩的事难道不是你夏宁屿么？接下来，你是不是还要考试作弊，逃课打架，以至于搞大女生的肚子，还要叫人不要嫌弃你不要轻视你，你以为你是什么，你是太阳啊，天下所有人都围着你转？夏宁屿，不是我轻视你，是你自己作践自己给人看！"

"我……"男生一张脸彻底涨红，"我桌上的那杯牛奶是你放的？"

女生愣了一下："是我放的又怎么样？"

空气被一寸一寸冻结。

"你就这么恨我？"夏宁屿的失望无奈地展示在脸上，"真是没想到，你会这么卑鄙、阴险！"

"我并不想跟你吵架，甚至都不想认识你。"顾小卓努力地控制情绪的崩塌，"我甚至一度想过，要是我们俩从没见过面就好了。"然后骄傲地仰起下巴，"你知道我有多讨厌你了吧？"

夏宁屿的眼里涌满了泪花，他愤怒地高高举起了右手，就要抢过去的时候，整个人像是一摊融化的雪雕，倒在了顾小卓的面前，而在他的后面站着阮青木，手里握着一块板砖，两眼惶恐而清亮地看着顾小卓。

"你……你没事吧？"阮青木把目光从倒在地上的男生身上拉回到顾小卓的脸上，"我怕他欺负你，所以……"

顾小卓看着倒在地上头破血流的夏宁屿叫了起来。慌乱中抱住了阮青木，头深深地埋在男生温热而结实的胸膛里。

眼泪瞬间濡湿了阮青木的胸口。

温热且潮湿。

那些尚且没有来得及说出口的话是：

——小卓，你知道么，为什么最后我顺应了妈妈的要求，接受爸爸的经济援助，来的这所学校么，要不是因为你也在这里，想要把过去因我而起的那些不好的事来一一弥补，我也大可不必浪费我的原则，冒着被别人指摘和藐视到这里来上学。流浪那么多年，你也知道我什么苦都能吃下，却惟独受不了别人的轻视。

——无论你对我做什么，我都不难过、不怨你、不恨你、不绝望。不会忘记过去一些美好的东西。所以请你也要这样。

而在不远的地方，正站着一脸愤怒难过着的翟晓，她咬紧了下嘴唇，眼睛里一阵黑色汹涌而过。

第三回

　　很多年以后，顾小卓不
止一次地想起那一幕来。不
停地来电，不停地按掉，而
身处的世界，恰恰是阮青木
跟翟晓的激烈对峙。再抬起
头来，空荡荡的街道尽头，
太阳笔直垂落。翟晓哭着消
失在最后的光线之中，阮青
木的嘴唇猝不及防地覆盖上
来。

真是打破脑壳也没有想到的成名方式。仅仅开学尚且不足一月，就有两个男生因为顾小卓而大打出手，其中一位还因伤势惨重被送进了医院。用轩然大波来形容这件事在青耳中学里的反应绝不为过。

夏宁屿回到学校是又一周之后的事。

后脑勺上的头发被剃光了很大一块，取代黑色头发覆盖在头皮上的是一大块浸了药液的白色纱布。夏宁屿走进教室的时候脸上一片冷光，在得到授课老师的准许后，他迈着大步从顾小卓身边经过，脸上看不到任何表情。

教室里的空气中浮动着寂寂的尘埃。

顾小卓挪动着身体，扭头朝向后座："喂，物理作业借我抄一下呀。"顺势快速地瞥了一眼男生的背影，单薄里渗透出淡淡的伤感。

比起夏宁屿对自己的置若罔闻来说，更多的人更愿意拿那件全校轰动的打架事件作为矛头，反复戳痛着女生的伤处。

比如——

有好事的高年级学长会迎着面直走过来，然后开门见山地问："你就是大名鼎鼎的顾小卓吧？"

"嗯？"顾小卓茫然地看着对方，"有事么？"

"就是你呀？"对方的眼神里亮亮的，像是海盗发现了宝藏，"你魅力挺大呀，听说刚一开学就迷倒了俩小帅哥，叫他们俩为你打得头破血流。像你这样的幺蛾子，以后还少不了兴风作浪吧。长江后浪推前浪哦。"

及至对方转过身嘻嘻哈哈地走掉之后，顾小卓才弄清了怎么回事。那些人对自己也非嘲讽，只是好奇。可那些话还是刀子一样捅进了自己的身体。

"推，推你妈个头啊！"顾小卓原地跺了跺脚。

因为之前的军训期间，顾小卓给教官和老师都留下无懈可击的完美印象。

所以开学第一周，班主任推荐她代表高一（7）班去参加全校的学生大会，被推荐的人将有机会在学生会任职。而会议的时间是周五早上的早自习时间。

顾小卓在座位上温习了一会儿英文，才突然想起这件事来，然后脑袋轰一下响起来，站起身来朝教务楼的会议室一路狂奔。

在她离开不久之后，班主任推开教室的门，扫视了一圈之后，皱着眉头问："顾小卓人呢？"

顾小卓推开会议室的那扇门后，里面所有人齐刷刷地转过头来看着自己。正在台上讲话的老师也停下来，推了推架在鼻子上的眼镜，硬生生地问过来："没看见这正开会呀？"

"我……"顾小卓感觉舌头有些打卷，"我是代表高一（7）班来参加会议的。"

"高一（7）班？"老师疑惑地朝台下看了看，又转向顾小卓，"你叫什么名？"

"顾小卓。"

老师又看了看手中的名单，会意地笑起来："可是，你的名字已经被划掉了。现在代表你们班来开会的学生是翟晓。"

然后，顾小卓看见了翟晓的目光跟被点亮了一样，灼灼地看向自己，那么骄傲，以至于下巴都要飞到天上去了。

02>>>

小卓跟翟晓是前后座。

生活中常常会遇见这样一些状况，跟陌生人第一次见面就直觉地判断出这个人是否能够成为自己的好朋友。更糟糕的情况是，第一面的感觉就恶劣不堪，甚至厌恶到恨不得希望她在地球上消失的程度。对于顾小卓来说，翟晓就是这样一个人。她的两条眉毛跟吊起来一样，叫人直犯恶心。而更恶心的事还在继续。但如果想要从头追述的话，那么……

开学前的一次入学测验。

坐在前面的翟晓扭过头来，支起一脸的笑容："我家的房子你住得还算舒服吧？"

顾小卓把考试用的纸笔拿出来。

"嗯。"

"那房子租给你们可是相当便宜的价钱啊。"翟晓得意地说着，"你们家一定不会经常下馆子，而是每天都在家里做饭的吧。我妈说了，厨房那里可不许弄脏啊！"

顾小卓勉强地挤出笑容："我们家也是很讲究卫生的人。所以请你放心。"

"那就好。"翟晓侧回身体，却突然想起什么似的又一次转过来，"一会儿，你写好题了，就把卷子往前放一放啊。"

"什么？"一时没明白对方的意图。

"这样我才看得清楚呀。"

"难道你是这么一路抄过来的？"顾小卓没走大脑就说出了这句话。

"你——"

老师恰好走进教室，接下来分发试卷，翟晓也就再也没有说话的机会。阳光明晃晃的，跟一把温暖的刷子一样抚过每个人的脸庞。每个人都刷刷地写着卷子，越是平静的环境之下越是隐藏着不可预见的汹涌波涛。

一种大约由59%的氮、21%的氢、9%的二氧化碳、7%的甲烷以及4%的氧气以及不足1%的氨和粪臭素所组成的某种气体偷偷地飘荡在空气中。其实翟晓放出那个无声无息的屁的时候，顾小卓还是敏感地感受到了，她微微蹙了一下眉，但那种叫人难以忍受的臭味还是强烈地刺激着顾小卓。

好恶心啊。

尽管知道放屁也是正常的生理行为，却还是感到恶心，那种味道使顾小卓不得不紧紧地捂住鼻子。将头埋得更深一些，臭味很快在四周弥漫开来，能听得见左右的同学纷纷小声地指责起来。

就在顾小卓犹豫着是不是要交卷的时候，翟晓突然站了起来，拎着试卷朝讲台上的老师走去。

"这么早就交卷，你检查好了吗？"

"没办法呀。"翟晓无耻地耸了耸肩，"哦呀，我后座刚才放了个屁，臭死人了，再不交卷就会被熏死了。"

就跟是谁拿了一根钢管戳在了顾小卓的脸上。

小卓没有像以往丢脸的时候脸会飞快地红起来，却感觉到一块灼热的疼。抬起的视线正好看见了监考老师看过来的尴尬目光。以及四周小声的抱怨和诅咒。

翟晓在走到门口的时候，刻意停下来看了顾小卓一眼。然后绽出了一个充满挑衅的笑容。那表情的意思是"哼，跟我斗，你还太嫩了点，老娘可是什么手段都使得出"。

那种彼此的厌恶，一笔一笔，叠在心头。最终记载成了一本写满了仇恨跟复仇为主题的书卷。日夜指引着彼此前往黑暗之渊。

03>>>

给阮青木的处分是开除学籍留校查看。

开学第三周周一的升旗仪式上，德育主任抓着大喇叭站在领操台上试音。底下一片嘈杂，扩音器放出的声音粗糙刺耳。

"喂、喂、喂——"

确认声响设备好使了之后，德育主任的脸立刻现出僵硬、严肃的铁板，操着响亮的爆破音喊着："高一（7）班阮青木因与同学夏宁屿产生小摩擦，用阮青木的原话，是为了摆平夏宁屿，两人打架斗殴，且在夏宁屿毫无防备之时，手持砖头猛拍对方头部，致对方外伤流血住进医院，他这种蓄意伤人的行为非常恶劣，本应立即开除，但因事后其认错态度诚恳，故给予开除学籍留校查看处理，并记入档案。望其他同学以其为戒，同学之间相处要团结友爱，产生矛盾时要请老师解决，凡是用简单的暴力方式解决问题的都将受到学校的严厉惩罚。"而当时的阮青木就站在德育老师的身边，垂着头，所以顾小卓也没有办法看到男生脸上的表情。

应该是"无所谓"还是"很难过"呢？

顾小卓感到后背被一双毒辣的目光扫视着，可是她并没有回头，将肩尽量挺得直直的，两只手拧巴在一起。

手心里微微出了点汗。

德育老师说的小矛盾，用阮青木的原话说就是，军训时我就看夏宁屿那小子不顺眼，然后那天我站军姿的时候趁教官没看见偷懒，别人都没咋样，就他那贱样，跑到教官那告状，然后教官罚我站军姿，整整比别人多站了半个时辰。啊——呸！我拍他一砖头算是便宜了他！

真相完全被淹没在三个人之间，彼此心照不宣。

很长一段时间内，顾小卓对此都是好奇纳闷，既不能跟旁人去究竟其中的原委，也不能去问两位当事人为什么前一秒还闹得山崩地裂而后一秒钟就跟是亲兄弟一般云淡风轻。顾小卓当时记得清清楚楚，在老师朝这边风风火火地跑过来的时候，顶着一头血的夏宁屿扶着墙努力站起来。他跟手里还攥着砖头的阮青木咬牙切齿地交代，不能让这事跟顾小卓扯上关系，要是老师问起来，你随便编个借口。

于是出现了上述的那个借口。

想到这些事，站在一片黑压压的人群里的顾小卓觉得似乎有点凉。仿佛头顶被开了一个洞，然后冷空气裹挟着秋日的白光一起倒灌进去，从脑门到脚心凉得那叫一个彻底，她抬手抹了抹眼睛，湿湿的，像清晨被打了露水的植物。

这时台上的阮青木已经念起了检讨书。

阮青木的声音疲惫不堪，跟患上了一场重感冒一样，一点精神也打不起来。顾小卓于是抬眼看过去，却只看见阮青木的嘴巴一张一合，听不见了声音。一开始，顾小卓还以为自己的耳朵出了问题，等注意到左右的同学也跟着不安地小声讲起话来，才意识到大约是音响设备出了什么问题。

德育主任大声地朝刚上任的年轻老师吼些什么，这样骚乱了大约三五分钟的样子之后，男生检讨的声音又一次响在每个人的耳边。

千篇一律的检讨。

以前顾小卓都听烂了，那些坏孩子打架斗殴网吧包宿彻夜不归甚至有搞大女生肚子的坏蛋，那些检讨早听得顾小卓恶心得翻掉了，并对这样的检讨的意义何在产生了怀疑，直到麻木不仁的地步。

而为什么，这一刻，心却酸得要命，像是有一排针整整齐齐地扎在了胸口。

连呼吸都变得异常沉重起来。

而那时的夏宁屿还倒在医院的病床上，没有回到学校来。

04>>>

德育老师再次操着爆破音喊完"全体解散"四个字之后，整个操场黑压压的人群一下就跟被风吹乱了一样，朝着四面八方走去。翟晓奋力地用手拨开左右挡住她去路的人，朝着领操台卖力奔跑。这一切，连同从翟晓眼里喷发出来的愤怒、哀伤以及不解全都被顾小卓看在了眼里。翟晓整个人挺拔地站在缩了水一样的阮青木面前，语速飞快地说着些什么。

其实就算没有在近前，顾小卓也大抵知道翟晓想要尽述的意思。

——你要振作起来呀！

——该死！这完全不关你的事，却要记在你的头上。让那些幸灾乐祸的人去死掉好了！

顾小卓垂着头混在走向教室的人流中。像是沉没大海，耳边响过一片聒噪喧嚣。所以，并没有听见男生忽然拔高的愤怒咆哮，以及有人看过来的关切目光。

她只是想着，唔，这一切乱七八糟的事，请上帝爷爷让它尽早结束吧。

"要不是顾小卓那个贱女人，你怎么会被学校处罚？"翟晓把手搭在男生的肩上想要安慰对方，"所以，你以后再也不要理那个女生了，她就是一个扫帚星。"

男生皱了下眉毛："翟晓，你怎么会这么说？"

"事实就是如此，我并没有说错啊。"翟晓嘟起了嘴，"她真的很讨厌啊。你为什么那么偏向她呢。我就是瞧不起她那样的人，除了长得好看一点还有什么嘛，家里又没钱，凭什么在这抓人眼球啊，你为了她牺牲那么多，她连吭一声都不吭，这样的人，值得你去喜欢么？"

"你不要说下去了。"阮青木抬起一只手做了打断对方的手势，"事情都已经过去了，何必穷抓着不放呢？何况，那事也不怨她，所以，请你不要再说下去了。"

翟晓的脸绷紧起来，如果把她的脸比喻成一朵花的话，那么现在她跟花蕊一样的一张一合的小嘴巴现在紧紧收缩成一团，怒火如焚地盯着眼前的男生，感觉到胸口有一座火山，像是要喷薄而出。阮青木并未理会这些，已然是空荡荡的操场上，男生朝前走去，留下翟晓在后面涨红了一张脸，攥紧拳头，端着肩膀朝男生的背影喊。

"阮青木！"

"嗯？"

"你那么在乎她呀。"翟晓看见男生一脸的惊恐，难过地笑出声来，"我就是要抓着不放呢？"

"你想干什么？"阮青木手里还捏着刚才朗读的检讨书。

"我要去跟老师说，你跟夏宁屿打架完全是因为顾小卓那个贱人。"

"你敢！"

05>>>

都是些俯拾即是的小细节。

就好像海岸边或裸在外面或埋在沙滩下面的贝壳一样，只要你用心去看，遍地都是。顾小卓的眼里都是这样的画面：

翟晓笑着朝阮青木跑过去，就跟蝴蝶围着花朵一样转来转去，恋恋不舍，趁着男生心情晴朗之时，拉起男生的手摇晃不停，说对方喜欢的话，故意让男生听到；

也或者刻意等在车站之类的地方，装作偶尔遇见了阮青木，露出一脸的惊讶，说着"啊，这么巧哦，我们一起吧"。然后在电车上紧挨着男生站立，要是赶上车上人多，还可以肆无忌惮光明正大地紧贴住男生的身体。每次有那样的机会，翟晓都激动得涨红了一张脸；

穿跟男生一个色系的衣服，甚至在看见男生的手腕上多了一副金属手链之后，迫不及待地第二天逃掉了一节课满大街寻找跟男生一个模样的饰品，然后顶着被罚站的危险欢天喜地钻回教室，下课的时候忍不住在男生的眼前亮出手腕来。当男生牵扯嘴角微微发笑时，翟晓幸福得眼角挂着水光。

嗯，那是喜欢。

那要不是喜欢，又能是什么呢？

恰恰由于对上述细节的明察秋毫，所以顾小卓对翟晓接下来的一系列反应也就理所当然地接受了。

自习课上，翟晓突然爆炸一样，朝顾小卓的桌子上狠狠地砸过去一本书，然后泪流满面地冲出教室。

顾小卓只是抬眼看了下消失在门口的身影，又低下头来算那道难解的数学题。

同桌看不过去，大声地叫着不平："她疯了。凭什么拿书砸人啊！"

"算了。"

"就这么算了？真是便宜她了！"同桌嘟囔着把书从桌上拎起来，"呃，这是阮青木的书。"

顾小卓扭头看去，从同桌抓着的书中掉出来一张纸条。

上面有两行字：

——你是喜欢顾小卓的吧？所以你才介意我去讲你跟夏宁屿打架是因为她。

——这好像并不关你的事吧。我警告你，要是你敢跑到班主任那儿乱讲顾小卓的话，我们的关系就此一刀两断。

而在两个女生的身后，是阮青木看过来的焦灼目光。

顾小卓挺了挺后背，不用回头她也知道男生正在观望自己。同桌凑过头来也念完了纸上的字。一时摸不清来龙去脉的同桌疑惑地问："还真纠结，这是怎么一回事呀？"

顾小卓随即起身，接过同桌手里的纸条之后朝阮青木走去："方便的时候我想跟你说几句话，可以么？"

阮青木的眼睛亮起来："当然可以。"

那些不能当着众人的面说出的话是：

——阮青木，你帮我跟爸爸解决了开学前租房的困难，为了保护我拿板砖拍了夏宁屿；还有，以免把我带进这事的争端里而以断却友情的方式威胁翟晓。这些我都谢谢你。但我宁愿你帮我做这些事，目的仅仅是出于对你母亲的报复，而非是你喜欢上了我。

——我不喜欢你，真的，阮青木，我一点一点都不喜欢你。

——喜欢你的人，是翟晓。

06>>>

被班主任叫到办公室，顾小卓有点意外。转念想到自己被班长喊出来时，翟晓得意的神情，她立刻明白过来。

在这所高手如林的重点中学里，自己也非鹤立鸡群。老师也没有拐弯抹角，而是单刀直入地问道："据说夏宁屿跟阮青木打架实际是因为你？"

"她说的你信么？"

"谁？"

"不是翟晓跟你说的么？"

顾小卓看着老师那张写满了不可思议字样的脸欲笑还休。她只是站在那，接下去很少说话。也并非跟其他女生那样胆小到羞于承认事实的真相，只是不想输给翟晓，所以才在老师面前尽力维持着之前两个男生为自己捏造的谎言。

被老师问急了也只是淡淡地回应着："他们两个我之前也都不认识，开学就为了我而打架也太莫名其妙了吧。"

老师最终也奈何不了顾小卓，挥挥手说："行了，你先回去吧。"

小卓是在走廊的时候，就听到了从教室里传出的支离破碎的喊声。

顾小卓停在了门前，手握住门的手柄，却没有气力旋转开来。之前跟暴风骤雨一样的吼叫声消失了，目光凝聚的焦点，正是翟晓，还有站在她书桌边的阮青木。

听不见声音，仅仅从男生表情冷酷的脸上或许可以推测出大致的意思，而女生一张脸又羞辱又愤怒，她突然猛地站起来，顺手推开男生，径直朝对方的座位跑去，发了疯一般将男生书桌上的书本文具掀翻，然后叉着腰突然拔起音高："阮青木，你有种就来揍我啊，来啊，你来啊——"

没等顾小卓反应过来，自己已经站在发生冲突的两人中间，背后是气得浑身颤抖的男生，以及搭在自己肩上的一只手。温度渗过薄薄的衬衫传递给她，她的脸飞快地红起来，可还是结结巴巴地说着："你们不要这样。"

"不关你的事，你先走开。"声音平缓淡定。

翟晓的怒火正好转嫁过来："顾小卓，你别跟这儿装好人，要不是因为你……"说着，翟晓朝这边走过来。举起的手掌就要落下来。

阮青木一步越过顾小卓，长长的胳膊在半空接住了翟晓劈过来的巴掌："你疯够了没有？！"

而班主任恰恰在那时推开门。

结果可想而知，三个人又被带进了办公室。

07>>>

惩罚的方式是写检讨跟打扫操场。后者的劳动量之大可想而知。最先走掉的人是翟晓，无疑她选择了写检讨。

而在黄昏到来的时候，还有两个被拉长的影子晃荡在空旷的操场上。顾小卓负责把各种垃圾扫到一起，男生则拿着蓝色的塑料桶将垃圾装进去，再运到学校角落里处理垃圾的地方。最后一次折返的时候，阮青木忍不住清了清喉咙。

"喂——"

"呃？"抓着扫帚把的女生慢慢抬起脸，"什么？"

"我好像是……"青木照例是好看地抓了抓头发，眼睛不好意思地看向燃烧的夕阳，"好像是喜欢上你了啊。"

顾小卓干脆利落地应着："可是我不喜欢你啊。"

男生满面的期待凝固成了那个黄昏最悲伤的一笔。

"是哦，这事是强求不得的呢。" 他无辜地笑了笑，然后看着黑暗笔直落地，"可是，我真是很——算了。"男生转身朝垃圾点走去。

08>>>

风平浪静了三天之后的傍晚。

派出所的小于当班，因为单位里人都走光了，所以肆无忌惮地开着电脑玩连连看。突然响起的铃声吓了小于一跳。

抓起电话后，一个小姑娘的声音传进来。

因为有人打断了游戏而有些愠怒的小于青着一张脸，扯着嗓子问："云集街派出所，你找谁呀？"

撂下电话后，小于白着一张脸给同事拨手机，手指颤抖，嘴角抽搐，小于还只是警校派遣下来的实习生，没想到在当班的第三天就遇到了这么大一件事。

所长的车已经开到家门口，听到电话里小于因为紧张而走调的声音，所长的额上也覆了一层密密的汗。举报人说大约二十分钟之后，将有一个穿蓝色外套的小姑娘背双肩书包推着自行车从派出所门前路过，书包里藏有大量冰毒。

"确认么？"所长在电话里询问小于。

"嗯。"小于着急地说，"所长我是必须冲上去的吧，要是他们还有其他人的话，怎么办啊。"

"先别轻举妄动，你密切注意情况，一有变化就联系我，我马上赶到。"

所长掉转车头朝派出所开去，尽管这一路上，不是没有怀疑过小于，但作为警务人员，的确要宁可信其有不可信其无，万一错过了这个机会，可能就很难将犯罪分子绳之以法了。

顾小卓从学校的车棚里拉出自行车的时候，发现车胎已经瘪掉了。

四下里看了看，一个人也没有。

只有自认倒霉地推着车子朝学校外走去。

离天黑还有一段时间，况且打气的地方跟自己回家的方向相反。索性就这样推着车子走回去好了，因为房子租在附近，也不是很远的一段路。

翟晓从身后骑着单车飞速超过的时候，顾小卓因为头脑里还想着一些学习上的事而没有及时注意到。等到反应过来，才意识到翟晓刚才往自己身上泼了半瓶可乐。

瓶子滚落到自己脚下。

而在前方的翟晓虽然没有停下来的意思，但还是嚣张地叫着："有种你就追上来啊。"

顾小卓怒火中烧，却也无能为力。想要吐脏口，张了张嘴也没好意思喊出来，但是那种之前一直被压抑的愤怒就像是从遥远海域上形成的气旋，一路膨胀扩大为急台风朝海岸登陆而来。顾小卓扯了扯嘴角。

在翟晓彻底消失在眼前之后，顾小卓才重新抬起脚步朝前走去。

所长在十分钟就赶到派出所，先是看见一个小姑娘，而且骑着自行车慢悠悠地从派出所门口经过。

所长问小于是这个么。

小于说："应该不是，电话里说是穿蓝色外套，而且没有骑车。"

"那她贼眉鼠眼地往这里看什么。"所长若有所思，"小于，你出去跟一下她。"

小于前脚刚走，后脚就出现了举报人说的那个小姑娘，一切特征均与举报人所提供的信息相符。于是所长大手一挥，几个警员立刻冲了上去，将不知所措的女生围在中间。

完全搞不清楚发生了什么事情的顾小卓被强行带进了派出所。然后书包也被抢了去，从里到外翻了几个来回后，所长意识到了什么。

冷静下来的顾小卓大声嚷嚷着："你们凭什么抓我？凭什么翻我书包？"

所长皱了皱眉毛："有人举报说你书包里有冰毒。"

"冰毒？"

"也许是搞错了。"所长掏出电话，"小于啊，把那个女生也给我带回来。"

当翟晓被带回来，扣押下来的手机的通话记录里赫然写着派出所办公电话，事情再明了不过了。而闻讯赶来的顾爸爸，几乎是哭着走进门的，那一刻，顾小卓才像是所有脆弱的女孩子一样再也忍不住委屈跟恐惧的泪水，刷刷地流下来。

她跑过去扑进爸爸的怀抱。

身后是所长不停地道歉。

而站在角落里的翟晓仍是一副"恨不得你们全都死掉"的僵硬冰冷的表情。

顾小卓慢慢转过身，瞄了一眼翟晓。

"喏，这样的结果也是你自己选择的哈。"

09>>>

夏宁屿从医院回来的第三天，终于忍不住在楼道拐角的地方堵住了顾小卓。男生伪装成偶遇，但这种小伎俩，在顾小卓的火眼金睛下还是一戳就破。

"你有什么事，请痛快说。"顾小卓将目光移向别处，"毕竟我都是有男朋友的人了，跟你孤男寡女的在这，叫别人看见了会说三道四。"

"你男朋友？"

"你还不知道么？"

"就是阮青木？"

"嗯。"女生的眼睛亮了亮，"没错，就是他！"

"你不要跟他在一起。"夏宁屿委屈着说，"你为什么要跟他在一起？你跟谁在一起都不要跟他在一起。"

顾小卓跟听了一个很好笑的笑话一样。

"你笑什么？"男生疑惑着一张脸。

"我跟谁在一起关你屁事。"顾小卓冷着脸说，"好吧，我给你解释解释，他长得帅，会打架，最重要的是，有他在，我就再也不怕你缠着我了。"

夏宁屿显然被这一番话镇住了。

他半张着嘴巴，半天说不出一句话。只是微微地闭上了眼，眼角闪烁着一片淡淡水光。

"顾小卓，我并非你想像的那样……"夏宁屿忍住了哽咽，"并非你想像的那样无赖，我对你好并不是跟其他男生一样滥俗的荷尔蒙的分泌旺盛，只是……"

"只是什么？"顾小卓踏前一步，狞笑道，"只是要赎罪是么？"

"我……"

"是你害死了我妈！"

"既然你这样固执地将责任全部推卸到我身上，我也没有任何办法辩解。"夏宁屿重新打理好表情，"可这也是你一厢情愿的看法，我并不觉得自己是杀人凶手。但不管怎么说，我们曾经在一起长大过，我希望……"

"够了吧？"从身后传过来的声音，"你要是还没完没了的，小心我再把你送进医院去！"

夏宁屿转身后看见了阮青木。

顾小卓一张脸阳光灿烂着迎了上去。

两个人牵手下了楼梯。

有那么一瞬，顾小卓心里有个特别强烈的愿望，想要回过头去再看夏宁屿一眼，想要刺痛他是一直以来的愿望，为什么却在得手后，心里微微地泛起酸涩的味道来。不过想到接下来翟晓被气得直翻眼睛的模样来，顾小卓就想不得那么多了。嘻嘻哈哈地挎起了阮青木的胳膊。

就在一天之前，快放学的时候顾小卓找到翟晓。

"夏宁屿说放学后他要你带几个女生去学校门前的便利店帮他搬些东西。"

"什么东西？"

"应该是给运动会准备的水之类的东西吧。"

交代完这些，顾小卓又绕到另外一个教学楼的门前，等待开完干部会议直接放学的阮青木。男生一露面，顾小卓就满面春风地迎了上去，挡在阮青木面前。

"还要不要做朋友？"

男生一时没转过脑筋问："你说什么？"

"你喜欢我么？"问得那么直截了当。

"啊！"男生不好意思地抓了抓头发，"喜……喜欢啊。"

"那我来做你女朋友。"顾小卓上前去牵起男生的手，"好不好呀？"

"啊……好啊！"男生在走出去半里路后还以为自己在做梦。

"你可以送我回家么？"

"可以啊。"

　　"其实我也不想这样麻烦的。"顾小卓狡黠地眨了两下眼睛，"只是翟晓一直想陷害我，上周害得我进了派出所。这周我听朋友说她要一些人在路上堵住我。所以……"

　　夏宁屿的脸不可一世地青了起来。

　　"你放心，我会教训她的。"

　　所以，在看见翟晓跟三个女生迎面走过来的时候，阮青木毫不犹豫地走上前去，面无表情地朝翟晓扬起了巴掌。

　　站在后面的顾小卓不动声色地笑了。

　　手机铃声在那时突然响了起来。

　　１０>>>

　　顾小卓掏出手机，看到来电显示上的名字是：夏宁屿。

　　于是她想也不想就按掉。

　　很多年以后，顾小卓不止一次地想起那一幕来。不停地来电，不停地按掉，而身处的世界，恰恰是阮青木跟翟晓的激烈对峙。再抬起头来，空荡荡的街道尽头，太阳笔直垂落。翟晓哭着消失在最后的光线之中，阮青木的嘴唇猝不及防地覆盖上来。

　　男生凉凉的嘴唇贴上来的时候，顾小卓闭上了眼，黑暗里浮现出了夏宁屿的面庞。

　　漫长的亲吻结束之后，两条短信连续进来：

　　——小卓，我记得的，今天是你的生日，我送给你一个沙漏，怕你不收，我在下课的时候偷偷藏在你的书包里了。也许现在你看到了吧。喏，其实，今天我没别的意思，就是想跟你说一声，生日快乐。

——嗯，为什么不接我电话啊，我只是想亲口说一声，生日快乐。

顾小卓毫不犹豫地直接删除了信息，然后将书包转到胸前，从里面掏出那只蓝色沙漏。把玩了一番，然后坏坏地笑着问阮青木要怎么处理。

男生问："你喜欢么？"

"要是你送的，我就喜欢。"

"那你扔掉吧，我送你一只更好看的。"

"你帮我扔好不好呀？"

"好。"

男生接过后，朝着茫茫的夜色用力地抛出去。擦了擦手后，转头朝顾小卓微笑，脸上的表情是"喏，我力气大得很吧"。

就是那一天，夏宁屿一直不停地打电话给顾小卓，可是无论如何，小卓都不肯接电话，甚至绝情地关掉了手机。发了两三条短信之后，仍是没有回应，夏宁屿的手机就剩一格电了，但这并不是最关键的，关键的是，换个号拨过去，顾小卓也许会接起来呢，而只要给他这样一个机会，他就完全可以把那四个字说给她听。于是，夏宁屿想也不想朝马路对面的街边IC卡机跑过去。

但是，谁都没想到，短短的十几米距离，会发生那样的意外。

一辆黑色的轿车从侧面几乎是以光速朝着夏宁屿撞了过去。

第四回

　　都说时间是伟大的治
疗师，能愈合所有的伤口，
将悲凉惨淡的往事埋葬于时
光的洪流之下。而对于阮青
木来说，一些记忆固执地跟
时间作对，像是黑色的礁
石，总是将伤心的往事裸露
在海平面以上，向每个航海
路经此地的人展示着巨大的
丑陋。那些过去的事，不是
浮萍，随波逐流，而是黑色
礁石，是孤独海岛，一动不
动，扎根于少年不见阳光的
黑色海面。

之前已经摆过了升学宴，当时热热闹闹摆满了十几张桌子，来吃饭的人都容光焕发，进门的时候把红纸做好的钱包交给母亲，然后千篇一律地说："哦呀，你看你家这孩子还真是有出息啊。"母亲笑吟吟地说着客气话："哪里哪里。"对方就扁一下嘴继续说："你可不要生在福中不知福呀，这孩子给你争了多大一脸面啊，不信你看看去，咱们这帮亲戚朋友里，有谁考上了青耳中学啊！那可是全市重点啊！叫我们这帮人羡慕得眼睛红呀！"甚至还有人说着更离谱的话："你家青木学习好生得又好看，据说身体也不是一般的强壮，我看啊，给我家女儿做老公比较合适。"这个时候，围拢在一起的三五个女人就有所会意地张着大嘴巴哈哈哈地笑起来。

心烦意乱的阮青木在不远处厌恶地皱了皱眉头。

他对这样的场合、气氛、人物以及语言充满了隔膜，怎么也融汇不到其中的喜庆气氛来，甚至在安排宴会之前有些孩子气地抗拒着母亲。

"能不能不安排升学宴？"阮青木懒洋洋地打开网络，敲开百度，"很假的！"

"为什么不？"妈妈一副咄咄逼人的口气，"这一定是要办的。"

手指灵活地在百度页面上输入"升学宴学生答谢辞"，然后"百度知道"页面上立即满满地排开了一页，阮青木站起身来去连接打印机，中间还是不甘心地问了句："为什么一定要搞这些假惺惺的应酬，很烦呐！"

"不烦哪来的钱？"妈妈一贯的强势在任何一句话、一个动作中都体现得淋漓尽致，"这么多年，你知道我跟你爸给别人随了多少礼钱呀。"转过脸朝向站在阳台前侍弄花草的老公说："你说有十万块没？"

"哪里？"

"没有那么多？"母亲完全不信服父亲的意见，"你别苦着一张丝瓜脸给我们娘俩看，一天到晚除了侍弄你那些花花草草，屁大事也顶不起来，我跟你说，那酒店安排好了，你不要再插手了。就那从小玩到大的朋友一个一个全是狗屁，有事求到时都不知道躲到哪个水帘洞里去了。"——她指的是办升学宴这件事，原来是要爸爸的朋友帮着安排一个可以打折的酒店，后来未果。

父亲不吭声。

阮青木把打印好的"升学宴学生答谢辞"收好之后进了卧室。

后来开始参加同学的升学宴，按照规矩是不需要再带上礼金的，只是跟同学们围坐一桌吃吃喝喝，说着开心的不开心的事，把过去三年里的酸甜苦辣都翻出来再讲一遍，间或说起某个老师的怪癖某某之间的小秘密之类的。也有感情好的，喝了不少酒，甚至有被喝得灵魂出壳爬到桌子下面去的。大人们也只是嘻嘻哈哈地看着，不再把他们当小孩子待。

这个时候倒是简单快乐。

不过，一场连着一场的应酬下来，阮青木明显有些厌倦了。所以，当翟晓打电话来邀请男生去参加升学宴的时候，阮青木稍微犹豫了一下。最后含糊地敷衍着："要是没有特殊的事情，我一定会去的！"

结果前一天参加另外一个男生的升学宴，吃的是海鲜喝的是啤酒，回到家以后就开始拉肚子，是那种疯狂的腹泻，举着电话坐在马桶上表情痛苦地跟翟晓告假："真的真的……啊……"一声惨叫之后，阮青木觉得有什么东西抽空了肚子，白着脸咬着嘴唇说不出话，疼痛搅动在腹中不肯消失。因为用的是免提，夹杂着电流，翟晓的声音传来："难道你正坐在马桶上啊……"

"嗯！"青木勉强应答。

"啊，恶心！"翟晓接着说了句更恶心的话："你居然让我听到了你拉屎的动静！"

阮青木痛苦到无话可说，挂机前还在努力为自己辩解："真的去不成了，除非你要我丢人现眼，拉在座位上。"

青木被迫去医院挂了点滴。

平时不觉得怎么样，一旦去了医院，觉得有些人活得还真是痛苦，一医院满满当当的都是人。在病房里等了半天，才轮到一张空床，母亲提着小挎包一屁股坐过去，身后却响起了一声炸雷。

"哦呀！那床是我们的！"

阮青木跟爸爸站在一起，两个人几乎一般高，唯一的区别只在于身材的单薄与强壮。但他们都一副木然的表情等待着必然要发生的口舌大战。

母亲干脆甩掉了鞋，盘腿坐在了病床上："这床现在就是我的了！"

"你怎么这么不讲理啊！"对方凶着一张脸，"你知道我们在这儿排了多长时间了？"

"我是天底下最讲道理的人。"母亲得意扬扬地亮着她的大嗓门，"你在这排队我咋没看见，啊，现在空出来一张床你就要占着，我看你这种人只能用一个字来形容：不要脸！"说完，目光又朝向阮青木，"儿子，快过来。"

众多看客在一瞬间把目光投向阮青木，他觉得有失颜面，于是微微低着头，执拗地不肯过去。站在身边的父亲也毫无反应。正在男生不知所措的时候，对方的一句反击营救了他。

"没素质的乡下人！"

如果不是这句话也根本无法激怒阮青木的母亲，她几乎是从床上一跃而起，朝着对方猛扑过去。病房里传来一阵常人难以忍受的女人们的尖声高叫。护士跟主治医师迅速赶来，在两个女人互相扯下了一缕头发之后把她们强行分开。

"你们搞什么嘛！"黑着脸的主治医师说，"你们搞清楚这是什么地方，这是医院，脑子进水了呀。"面对医生的训斥，母亲倒是不肯反驳，乖乖认下错误。阮青木只觉得再没脸面在这里继续待下去了。

后来调换了病房，交完了钱之后，母亲匆匆离开，她嘱咐丈夫照顾着儿子，自己要去打点生意。她有条不紊地处理着她的生活，仿佛早上跟人打架的事并没有发生过，或者说这件事对她来说毫无影响。

阮青木的父亲阮钟贵，在给儿子买了一瓶营养快线之后终于受不了房间里的蚊子，看着阮青木渐渐睡熟过去之后，起身走到病房外面的长廊上抽烟。男生把遮挡在脸上的手背移开，露出一双红掉的眼睛，以及潮湿的睫毛。

如果这一天就这样结束，也还好。

02>>>

爸爸抽完烟回到病房的时候发现阮青木不在了。问了旁边的人，被告知，几分钟之前刚刚离开，而悬在半空中的点滴瓶尚且有一多半的药液没有滴完。阮钟贵以为儿子又跑去上厕所，转身想都没想就推开厕所门，里面传来女人的尖叫：

"你干吗啊你！"

"对……对不起。"

吃完午饭的阮妈妈想起要给丈夫挂个电话询问下儿子的情况，得到的回答让她大发雷霆。电话里忍不住就爆了粗口："你他妈纯粹就一废物，连那么大的一个活蹦乱跳的大儿子你都给我看丢了，你还不如去死！"阮钟贵急得满头是汗，连辩解的力气也没有了。

"我正在找啊。"

"人是你弄丢的，找不到你就别回家了。"说完，阮妈妈气呼呼地挂断了电话，她这个人行事就是风风火火，一想起丢掉的不是一头猪，是个活生生的人，还带着病，心里就不踏实，生意也不做了，连件外套也没穿就出了门，结果一下就撞见了阮青木，白着一张脸站在门前。

"儿子？"惊喜的光在她的两只眼睛里闪现，片刻之后，脸上露出难看的凶相，"怎么没打完针就从医院里跑出来了？"

"妈——"阮青木喃喃地说着，"今天是翟晓的升学宴，所以——"

"不去了不去了。"阮妈妈挥了挥手，然后立刻挂电话给丈夫，满脸春风地说着，"儿子回来了，今天我们出去吃点儿东西庆贺一下吧。"

——就像是她在一刻钟之前并没有跟训孙子一样斥责过对方一样，而阮青木闭上眼睛都能想像得到父亲灰头土脸的模样，在得到自己平安无恙的消息后，咧嘴一笑的悲惨神情。

这样的场面在过去的十几年里充盈着家庭生活，时刻让阮青木感觉到这个家庭里重量的失衡。妈妈就跟女皇一样，一手遮天，说一不二。

"有什么值得庆祝的？"青木习惯性两手提了提外套的前襟，"升学宴那种无聊的把戏也玩过了。"

"妈妈赚了一笔大钱。"阮妈妈兴致正高，"我今天谈成了一大笔的服装买卖。这一笔都顶上我平时累死累活地干一个月的了。不过说起来就是邪门儿，人要是顺起来，真是挡也挡不住呢。你看我们家今年换了个新房不说，你也考上了重点，我这生意做起来也是顺风顺水的，我这心哪，都快怒放了。"

这话说得不假，阮妈妈的确是春风得意。对于这样一个初中只读到二年级就辍学混社会的人来说，足够小康的物质生活之外，大抵是不会有太多的精神追求的，她一不看书二不读报，三句话里必带一个脏字，走路做事风风火火，之所以跟阮钟贵结婚完全是机缘巧合，两个这么不搭调的人被命运捏合在一起，用阮妈妈的话说，就是老天爷瞎了眼了。

阮妈妈没少跟这位瞎了眼的老天爷做斗争，在阮青木的记忆里，厮打喊杀声无数次在夏天的午后惊醒正在梦乡中的自己。有时候，院子里会站满密密麻麻的人，赤着脚走下床，顶着太阳的阮青木就看见妈妈跟爸爸扭打在一起，周围的人纷纷看着热闹，就跟是看动物园里的两只斗牛一样，白色的强光使得尚且只有四五岁的小男孩微微眯起了眼睛，但眼泪还是旺盛而持续地流淌出来，他大声喊出来的两个字不是"妈妈"，而是"爸爸"，又或者，"妈妈，你不要打爸爸了，你们不要打了好不好"。

阮妈妈也会流眼泪，不过她流得那叫一个有气势，一手下去，阮钟贵的脸上就多了五道血印子，等到一架打完，大家已经不忍心再看阮钟贵的悲惨模样了。他血淋淋地站在阳光下，任凭来自妻子的指责跟诅咒像冰雹一样朝自己的脸上硬生生火辣辣地砸过来。

"我要跟你离婚！"阮妈妈在过去的十几年里，每次打架时总要这么说，"这辈子我跟了你算是跟瞎了眼，我跟你都不如跟一头驴！"

——这个家庭的绝对领导者、核心、女皇，无疑是阮妈妈，她的地位无可动摇。她说一不二，一手遮天。而之所以这样，也并非没有原因。阮钟贵的身份是一名老师。并非在那种要人羡慕到眼红的重点中学，而是一所快要散架子的中专，到那去念书的孩子没几个是真心学习，完全是在混日子，然后直接就进社会了。所谓黑色收入也没有多少，一年到头拿的都是一个月千八百块钱的工资，自然叫老婆瞧不起。而阮妈妈就不一样了，虽然说人家是初中二年级的文化，但生意做得那叫一个风生水起，赚了不少钱。用阮妈妈的原话说就是："没有我就没有这个家，要是光靠你那点儿死工资，我们一家三口人到现在还挤在那个不到五十平的小房子里，这里的一砖一瓦、一盆一碗都是我赚来的。"说这话的时候，是阮青木刚刚搬到这个新房，一百四十平，半跃，光客厅就有三十平那么大，阮妈妈站在落地窗前抒发她的成功感言。而阮钟贵坐在沙发上闷闷地抽着烟，白着脸。

阮青木看不下去，就回了句："你这么说太绝对，我爸又不是什么也没做，他的工资钱也不少呢。"

"吆喝喝——"阮妈妈嘴角一扬，"这还没怎么着呢，胳膊肘就开始往你爸那拐了，他就一个废物，他那点儿工资，全打点他那多病多灾的老爹老妈了，这么多年我要花到他一分钱，我都跪下给他磕仨响头。"

爸爸腾地从沙发上站起来，朝向妻子："你给孩子说这些事做什么。"

阮妈妈想顶撞他，又瞄了眼阮青木苦瓜一样的脸色，讪讪地说："那今天晚上我们去外面撮一顿吧。"

阮妈妈有这个喜好，家里有了喜事或者是赚了大钱，习惯叫上丈夫孩子甚至亲朋好友出去撮一顿，而且还爱喝酒，喝多了还耍一耍小酒疯，行事里有一多半是男人的作风。阮青木很是厌恶。

那是阮青木第一次见到顾小卓。在翟晓举行升学宴的那天下午，一家三口去了云集街有名的粗粮馆。阮青木的肚子还在隐约作痛，但碍于妈妈情致正浓，也不好说些什么，况且上午自己偷偷溜出医院的事，若是被她提及起来，唠叨个十天半个月的也是常事，索性低眉顺目，做乖孩子状。本以为是一顿用来缓和气氛替爸爸挽回一点面子的家庭聚餐，却因为一瓶碳酸饮料给弄得起了一场轩然大波。

以"饭店酒水贵"为理由，妈妈硬是在超市买了大瓶雪碧，甚至还想另带三罐听装啤酒，被阮青木讥讽为"人家还以为你一进城农民呢"而作罢。说完这话，阮青木也知错了，好在妈妈当时心情不错，虽然脸色难看了些，倒也没发脾气，单提着饮料晃进饭店。阮青木前脚落座后脚就来了服务员。不是点菜却是声明来了。

"对不起，我们饭店规定顾客不可以自带酒水。"

"这是什么破规定？"阮妈妈立即站起身来，怒向服务员，"吃个饭，说道也这么多，你们还想不想做生意？"

服务员年纪不大。阮青木坐在位置上端详着剑拔弩张的双方，心里充满疲惫地想着，这个小姑娘怕又要倒霉了。

"阿姨——"到底还是跟自己年纪仿佛的孩子，面对实战经验丰富咄咄逼人的阮妈妈，小女孩口气跟着软了下来，"这是饭店的规矩，也不是我们这些打工的说得算数的。"

"你说话不算数跟我在这扯什么呀。"阮妈妈爱理不理地把饮料瓶盖拧下来，扬扬得意地喝了起来，一副"我就是要喝，看你能把我怎么样"的表情。

"你这样做就是蛮不讲理了。"

"我是天底下最讲道理的人了。"阮妈妈气势逼人，"我看不讲理的人是你才对，你们依据哪一条法律规定客人不可以自带酒水？你们也欺人太甚了吧，欺负我老百姓没下过馆子是不？"

中间阮钟贵看不下去僵持难看的局面，坐在附近的顾客纷纷扭头看向这边，而被妻子逼迫得窘着一张脸的小姑娘，也已经眼角挂着泪光。

"你不要吵了。"阮钟贵说着，"吃个饭，犯得着生这么大气么？"

"还不是叫这个小贱人给气的！"阮妈妈突然声音拔高走调，粗鄙叫骂，手指一扬指向了只有十六七岁的小姑娘，胸口别着的徽牌上写着"实习生：顾小卓"的字样。

一旁的阮青木分明看清了挂在对方脸上的两道泪水。于是忍不住扯了扯妈妈的衣袖说："要不我们换一家吃饭吧？"得到的回答铿锵有力："我现在哪也不去，我就要跟这死嗑到底！"

事情朝着沸沸扬扬的方向一路狂飙。

阮青木知道说再多也无济于事，好好的一顿饭就这样被砸了。双方对峙着，大约十几分钟后，下的菜一直没有端上来，阮妈妈彻底愤怒了，将旋开盖子的饮料一股脑地泼在了名叫顾小卓的女孩脸上，然后大手一挥说："看你再他妈跟我装×！"

粗鄙的叫骂与悲愤到不可控制的语调，即使是捂住耳朵，还是不能阻止它们源源不断地顺着耳朵流进心脏。有时候，阮青木会有错觉，这些话并非是从外界传来，而是从他的心里挥发出来的。他是她的儿子，扯不断的标签，尽管他努力使自己成为跟她不一样的人，想有文化，讲文明，可是仍旧在很多时候，跟"粗鄙"、"野蛮"这样的字眼紧密地联系在一起。就像此时此刻，饭店里所有人都拿出了抱着胳膊看笑话的神态来，目光中纠结着复杂的嘲笑。阮青木无地自容，盯着脚尖，希望这一切尽快结束。

那种耻辱，比自己充当这场闹剧的主角还要让他难受。他难过地双手遮掩住了脸颊。

走出饭店的瞬间，阮青木停了停，在阮妈妈骂骂咧咧朝前走去的时候迅速走到顾小卓面前，将事先准备好的纸巾塞到对方手里，充满歉意地说："对不起。"

女生抬眼看了下男生，发梢上还滴答着水，湿着的脸冷若冰霜。而在他身后，是几个店员凑在一起，交头接耳、窃窃私语。聪明的阮青木已经知道了顾小卓接下来即将被炒鱿鱼的命运。可是他能有什么办法呢，那时他的想法里还将这样一个女生定义为乡下来的打工妹，而在不久之后，他将发现，这个被自己的妈妈欺负得一无是处的小女生竟然跟自己同龄，而且成绩斐然，这些都不是最重要的，重要的是，她将以同学的身份出现在他的生活里，并且叫阮青木慢慢喜欢上她。

呃，真的是喜欢。

尽管最初这种喜欢里掺杂着跟母亲的对抗以及对那女孩的同情。但渐渐，喜欢像是茂盛的大树渐渐遮蔽了那些芜杂的对成人的叛逆啊对弱势的保护欲啊，成为对待顾小卓感情中的中坚力量。

阮妈妈回过头来的时候，恰好阮青木转身跟了上来。

一天中接连打了两架，而且全部告捷，这使得阮妈妈神采飞扬。她说："我们去对面那家饭店吧。"

爸爸说："算了吧。"

"什么算了吧，"阮妈妈对阮钟贵的有气无力很是不屑，"我一天到晚忙得要死要活，说起话来也是声如洪钟，你一天到晚连个屁也不放，说话怎么跟蚊子哼哼似的。"

阮钟贵重重地呼了一口气，站在十字路口前，看着红灯变绿后就迅速地说了句："我看我们还是算了吧。"然后头也不回地朝前走去。留下阮妈妈在后面琢磨了好一会儿才扯着嗓子喊："阮钟贵，你他妈的啥意思啊，你！"

03>>>

阮钟贵已经站在了马路的另一头。

他转过身，朝这边面目模糊地笑起来。阮妈妈像是明白了对方话里潜在的危险含义，于是不顾刚刚亮起的红灯，从车身的空当之间往对面跑，惹得司机纷纷大骂："你找死啊！"她没空儿回应这些纷纷朝她而来的叫骂，而是一把扯住阮钟贵的衣领。

"你他妈的到底啥意思？"

"我们离婚吧。"

"离婚——"阮妈妈瞪圆了眼睛，不敢相信似的看着阮钟贵，"为什么？"

"这不是你一直想的么？"阮钟贵低低地回应。

"放屁！"

"这么多年，我受够了你的颐指气使，受够了你的粗俗污鄙，受够了你日日夜夜将要是没有我就没有这个家之类的话挂在嘴边，既然我在这个家里这么无足轻重的话，那么就算我离开这个家也是一件无所谓的事。"

"我不同意。"阮妈妈气呼呼地说，"凭什么你说离就离啊，我就不离！"

"你同意不同意并没有用处。"

"你有没有为儿子考虑过？"阮妈妈突然聪明起来。

"他哦？"阮钟贵抬起眼来，朝着站在马路对面的阮青木看了一眼，心就跟是被细细的铁丝勒紧了，勒到了肉里一样疼，"我单单是舍不了儿子。要不是因为他，我早就跟你离了。现在他也长大了，明白了事理，也不再需要我去照顾，所以，我之前征询过他的意见，他是同意我们离婚的。"

听完了这句话的阮妈妈几乎跌倒在地上，就跟是坠入了漆黑的悬崖之中，要命的是，一直没有落底，而是一直往下落往下落，悬而未决的状态几乎使她崩溃。

□4>>>

都说时间是伟大的治疗师，能愈合所有的伤口，将悲凉惨淡的往事埋葬于时光的洪流之下。而对于阮青木来说，一些记忆固执地跟时间作对，像是黑色的礁石，总是将伤心的往事裸露在海平面以上，向每个航海路经此地的人展示着巨大的丑陋。那些过去的事，不是浮萍，随波逐流，而是黑色礁石，是孤独海岛，一动不动，扎根于少年不见阳光的黑色海面。

过去的事，真事：

许多年前，在阮青木的记忆里，过年还喜庆得如同两页的部首偏旁凑成的庞杂的新华字典，每一处细节以及每一桩小事都拼凑成一个全新的汉字，那么多未知的喜悦跟秘密需要年仅十岁的阮青木瞪着漆黑发亮的眼睛去注视、求索。

妈妈会在这一天变得无比温柔，在自己新衣服的口袋里塞满了两把糖果。偶尔会去接住在乡下的爷爷奶奶来城里一起过年，他们笑眯眯地送来用红纸包好的压岁钱，以及从乡下带来的糕点。就算是闯了天大的错误，也不会招来爸爸的半句指责。这样的一天，幸福得如同天堂一样美好。

年三十这一天，爸爸招呼了几个同事朋友来家里一起打麻将。去超市买菜回来的妈妈见了很不高兴。但因是大年，嘴上也仅仅抱怨了下"你们这四个大烟袋又要把人呛死啦"，然后拉着阮青木出来，嘱咐着不要到他们打牌的房间里玩，对呼吸道不好容易感冒之类的。

一个叔叔在烟雾缭绕的空气中抬起油腻的一张脸来，朝坐在对面的阮钟贵说："靠，赶紧朝你老婆要钱，再欠的话，可没人跟你玩了。"

其他人附和着笑了起来。

"手气还真是差到了家！"爸爸难为情中夹杂着愠怒，抓了抓脑袋，"今天要是不翻盘，我就洗手不干了。"

"你洗手不干了？说鬼话去吧。"

"你们可不要转移话题，就算洗手不干了也把钱先给上。"同事不甘地加了句，"这个钱赖掉的话是很走霉运的。"

然后，阮钟贵垮着脸招呼阮青木去找妈妈要钱。

可以想见的难堪，连口袋里玩牌抽烟的钱全被扫荡一空。每个月发回来的工资直接被掏光，想要花钱，要一分一毛地计算，并说明花到何处，这样的男人是典型的"妻管严"。结婚的最初几年，情况并没有现在这么严重，在有了孩子之后，妻子做起小本买卖，结果越做越大，经济地位直线飙升，女人渐渐显露出其女权主义的强悍本性。陆续收缴了家庭中的财政大权之后，女人跟阮钟贵说话的口气也不免强硬起来，很多时候给人的感觉是母亲在教训不听话的儿子。

门帘一挑，露出一张杀气腾腾的脸，手里拎着切菜刀。

几个说说笑笑的男人瞬间一怔，半晌才缓和过神色来。

"不他妈让你玩你还玩？"阮青木扯了扯妈妈的衣角，示意她不要继续说下去了，"大过年的，这么多活要做，你不帮帮忙就算了，反是悠闲得打起了麻将，弄得这屋子里乌烟瘴气不说，还输了那么多钱，你脑子是不是有毛病啊，你？"

其他人想要劝解，类似"过年么玩一玩高兴一下"或者"你管事也忒多了吧"的想法都被女人这样的口气给硬生生地噎了回去。女人这样的话说出来，确实是伤人，且不留回旋余地。而这噩梦的一般的境况竟然还在继续，"你爸你妈要来吃年夜饭……"

"能不能不要讲下去了？"阮钟贵灰着脸说。

"你不爱听了是不是？"女人凑过来，尖着声音喊，"我就知道你不爱听，我说你几句，你就摆一张臭脸给我看。你以为我怕了你呀。"

外面有不安分的小孩子开始放鞭炮，零星地响开在一片阴霾却喜庆的空气里，硫磺的味道让人眩晕。

"算了算了。"终于有人看不下去，那是阮钟贵最好的朋友，"我们不玩就是了。"

"哼，这还差不多！"女人得意地仰起了下巴。

阮青木比谁都看得清楚，在父亲得以释放的那一瞬间，整张面孔呈现出一种绝望的神态，仿佛他之前死死抓住的救命稻草也给松开了，整个人朝着黑暗的深渊沉落。女人重新钻进厨房，砧板上响起了剁菜声。男人们纷纷起身，十分不给面子地继续瓦解着阮钟贵的自尊。诸如"你的老婆真是厉害呀""你也太不男人了吧"之类的话直戳戳地朝向了父亲。阮青木小小的胸腔突然涌上来一阵难过，突然想走过去抱住爸爸号啕大哭。

那天，阮钟贵还是没有罢手。

在朋友们走之后，他去翻钱，没有翻到，就找到妻子，并且朝她开门见山地要钱。女人很惊讶、愤怒。

阮钟贵抛下了一句："钱也是我赚的，我拿去赌拿去嫖也不关你事，你何苦在外人面前不留一点情面给我？这明明不是一个家，是战场，我觉得你离我非常远。"——说起来，阮钟贵这个人还是有些文艺气质的，说的话有时候听起来有些矫情。而女人则完全是个粗人，这些话对她来说毫无意义。只是挑衅着说："反正钱在我这儿，你找不到，有能耐你他妈就去赌啊！"

阮钟贵愤然离家。

少年阮青木偷偷从妈妈的枕头下找出了一个信封，里面装满了直挺挺的人民币。他跑出家门，追上了停在街口报刊亭前面苦着脸的爸爸。

"喏，拿去玩吧。"阮青木仰起期待的目光。

阮钟贵有所游移："这钱……"

"这是妈妈给你的钱，要你拿去玩。"阮青木开始撒谎，开始学着大人的口气安慰爸爸。"所以，你不要不开心。这大过年的。"

不知从什么时候开始，阮青木认准了爸爸在家庭里的弱势地位。人的本性里或许有同情弱者的成分。在任何时间跟地点，阮青木最怕有人欺负爸爸，而这种使他产生厌恶和恐惧情绪的制造者往往都是家庭的另外一个重要成员——妈妈。

虽然是冬天，但不冷，有一线白光从云朵后历尽千辛射了出来。阮钟贵伸手抚摩儿子的头顶，笑眯眯地说着话，之前紧绷的心脏缓和了跳动，眼角似乎沾了水光。

"青木，你要快长大。"

"嗯。"阮青木点了点头，小拳头攥得紧紧的，心里的话是，等我长大了，有力量了，我就不会让任何人再欺负你。

阮钟贵高高兴兴地去了朋友家，重新凑合成了一个局子。而他所不知道的是，一个更强烈更具摧毁力的风暴旋涡正在形成，并且以飞快的速度朝他的方向席卷而来——

大约两个小时之后，女人就发现了藏在枕头里的钱不翼而飞了。当时她的脸就青了。

"还真有你的，竟然敢背着我偷钱出去赌。"

不巧的是，当时小叔子陪同阮钟贵父母上门来过年，却正撞见女人发疯。因为一时也找不到阮钟贵，女人把怒气完全撒到那几个无辜人的身上。迎进了两位老人之后就破口大骂：

"你看你们养活了什么样的儿子？成天只知道赌，只知道嫖，只知道跟我作对，他心里但凡还有一点这个家的话，就不应该偷了家里的钱出去耍牌。"

"他这样的男人，什么时候硬气得来，真是生得贱！"

……

　　恶毒的字眼一句甚于一句。两位老人也不知该如何表态。因为又是年关，不想闹得大家都不愉快，只是一味安慰着儿媳妇。小叔子看不下去，顶撞了几句诸如"过年跟兄弟们玩玩牌并不算过分吧"，"有输有赢，玩起来才提神啊"之类的，均被女人一句"你们家生得都是贱"给噎了回去。小叔子也是得理不饶人的姿态，举起了拳头想揍人。

　　"我哥娶了你这样的女人还真是瞎了眼。"

　　双方拉扯之中，阮青木"嗷"一声扯破了喉咙大哭起来。

　　他小小的心灵里被灌满了恐惧。就像推开房门漆黑如同汪洋大海一样，在你来不及喊叫之前，如同吞噬一粒尘埃一样消灭了你。

　　两位老人一把抱紧孙子，在双方剑拔弩张的气氛中流下眼泪。

　　最终以被女人扫地出门的方式为结果。

　　这些事，都像是毒针一样，一下一下戳着阮青木的心脏。

　　房门被女人踹开之后，阮钟贵眼前一黑，风暴的味道扑到了鼻尖。阮钟贵看见了女人一脸的愤怒，像是跳动的火焰，火舌卷着四溅的小火星朝外喷射。

　　这样的往事一桩一桩，密布于记忆的大陆，纵横皲裂，如同干涸了几个世纪。

第五回

温度慢慢回到心脏上，
像是耀眼的光缠绕着少年的
心。

阮钟贵提出离婚的那天，一家人分别在三个地方吃的晚饭。阮青木跟着妈妈回了家。他窝在客厅里看动画片，妈妈嘟囔着在厨房里做饭，不时把盆子弄得叮叮当当响。男生站起身来，将门重重拉上。

"哦哟，你老子要踢了我，连你也觉得我烦人是不是呀？"

阮青木按下了遥控器的关机键。"你别那么大声好不好？"他做了一个"不跟你争论"的手势，男生连电视的电源也给切断，朝卧室走去。

"你还嫌弃我嗓门大是不是？"阮妈妈开始喋喋不休的前奏，完全是跳跃式的思维，"……也不知道你爸死到哪里去了……那个，你帮我把阳台上的脏水倒掉。"

"嗯。"

阮青木的胸口压下去的火焰冲上来，他拉开窗，一盆水就那么扬了下去。紧接着就听到了楼下一声女生的尖号。不久之后就听到了一阵急促的敲门声。身后传来阮妈妈的声音："这谁啊，这么要命地敲门，你赶紧去开门。"

阮青木看见了下午在饭店里被妈妈劈头盖脸奚落的小姑娘。

她的两只眼睛仿佛要喷出火来。

顾不上对方的愤怒，而是拉扯着她朝着漆黑的楼道踢踢踏踏地走了下去。阮妈妈独自一人在家吃面条，至于阮钟贵，半夜才醉醺醺地回来。

他进门后没有进卧室，而是和衣倒在沙发里，半夜醒来时，阮青木听到父亲有呕吐的声音，知道是喝多了酒。他起身倒了开水走进客厅，拧开台灯。

阮钟贵看见儿子后露出了温和的表情："还不睡？"

"……喝多了？"

"喝了一点。"阮钟贵的喉咙里像卡着什么东西，说起话来模糊而沙哑，"是不是我打扰到你？"

"没有，我一直也没睡踏实。"男生揉着发红的眼睛说，"……你决定了？"

"那件事？"阮钟贵扭过脸等待儿子的确认。

"嗯。"

"嗯。"阮钟贵停顿了半天，"……对不起。"

"你要离开这儿么？"阮青木清了清嗓子，"你离开妈妈什么的，都不会影响我。其实……我等你这个决定也很长时间了。"

"嗯？"

"我知道你是因为我，才一直没有离开她。而你早就厌恶了她的霸道凶悍，早就想离开她，然后去找你的幸福，是不是？"被儿子逼问得哑口无言的阮钟贵重重地叹了口气，阮青木挺了挺脊背，"所以，就算你真的跟妈妈离婚，也决然伤害不到我。因为……这是你们之间的事。"阮钟贵惊讶于这个十六岁少年的成熟，说起这件事来宛若置身事外，淡然不似孩童。只见儿子把手探过来，轻轻拍着自己的膝盖："放心吧，爸爸，我还是姓阮，是你的儿子，你去追你的幸福吧！"

"你是要跟你妈过么？"

"是呀。"阮青木垂下眼睑，像是忽然想起来什么似的，说出来的话虽然是慢吞吞的，但能感觉得到他的埋怨跟不满，"爸，还记得我小时候，有一次过年你要跟朋友打麻将，然后妈妈不给你钱，还让你当着那么多人的面下不来台……"

阮钟贵努力在记忆里搜索那些被女主人逼到无路可走、颜面尽失的片段。这么一想，竟然到处都是这样的记忆，如同记忆的海滩之上俯拾即是的贝壳，灰秃秃地布满了整个视野。这让阮钟贵既是愤懑又是无奈。胸腔里像是被放置了一捆炸药，而导火索已燃到了喉咙。

"你妈那性格……"

"她那性格很伤人的。"阮青木在黑暗中，声音显得沉稳有力，"那时候我还小，不愿意看到你在人前被看轻，就偷了家里的钱送给你，骗你说是妈妈给你的，叫你拿去打牌。结果当天妈妈就发现了，然后也不顾那天是大年三十，就火气冲天地去找你，掀翻了麻将桌，满嘴粗话让所有在场的人都瞠目结舌。当时我就站在角落里，瞪着大眼睛看着你们当着那么多人的面出丑。你知道当时我有多少难受么，你们完全没有顾及我的感受，我觉得有这样一对父母有多丢脸，我恨不得立即去一头撞死好了。"阮青木的声音有些发颤。

像是被厚厚的窗帘遮蔽住光亮的黑暗屋子，猛地开了天窗，阳光一泻而入。阮钟贵记起那件事来。妻子一脚踢开人家大门，他当时眼前一黑就知道坏了，只祈求着妻子能够看在是过大年的份上，嘴下留情。等到妻子嚷嚷着"还真行啊，阮钟贵你个乌龟王八蛋，也敢偷了家里的钱来赌了啊，是不是趁我不知道还要把我输给张三李四王二麻子然后你再娶个小老婆呢"之类乌七八糟来，阮钟贵偷偷将目光转向站在角落里的儿子。他两只手紧紧地拧住衣角，一言不语地朝这边望着，漆黑的瞳人里填满了恐惧。

当时有人看不下去就插在中间劝架："……钱可不是我钟贵哥偷的。"

"难道那钱长了翅膀飞到他口袋里？"女人眼一横，说起话来中气十足，让人不寒而栗，"或者是我贱得把钱硬塞给他？啊——呸——"

另一个图口舌之快的家伙立即说："不是你叫小青木给送钱来的么？"

当时的阮青木觉得事情即将被揭穿，自己马上就要被推到前台去了。心里只有一个念头，但愿这一切早点结束吧，或者地面裂开一条口子跳下去吧。

然后，悬在头顶的灾难迟迟没有到来。

阮钟贵第一次开口对峙妻子："是我叫青木回家偷的钱。"

他说完这句话后，转过头，朝儿子微微一笑。那一刻，他看见孩子的两眼闪着泪花，却挂着微微的笑意。那么一个瞬间，不曾被任何人注意的微小瞬间，像是有一条神秘的绳索把这两个人紧紧地穿在了一起。

用什么样的词语来形容他们之间的关系？绝不仅仅是父子，还包括"同盟"、"朋友"、"信任"、"承诺"、"同情"、"安全港"甚至"相依为伴"这样的词。

之后的事都无足轻重了。

女人发了疯一样在别人家里闹了起来，不给阮钟贵任何面子，被很多人强行送回家之后，爷爷奶奶已经赶到家里来准备过年，她却一直阴郁着脸，说起话来阴阳怪气，纠缠着阮钟贵的种种不是。阮青木看见在妈妈去厨房端菜的时候，奶奶迅速掏出口袋里的手绢，揩干了眼角的泪。

那一刻，少年小小的胸腔里窝着的全是对妈妈的恨意。

尽管她从不曾动手打他，唯恐他不高兴地小心翼翼地呵护着她，把他当成宝似的欢喜着，可他还是仇恨地看着她，她把身边最亲近的人一个个都伤害了。

"爸——"阮青木黑暗中红起脸来，"你是有中意的人了吧？"

"别瞎说！"

"那天我看见……"

阮妈妈的房间里传来了细微的动静，然后是重重的一声叹息。寂寂的深夜里，这声音像是一枚细细的银针，狠狠地扎进了两个男人的耳朵里。

02>>>

我到底是什么样的人？

真像是别人口里所形容的那般"刻薄"、"粗鲁"、"没文化"、"爆粗口"、"母夜叉"，在自己的儿子眼里也被定义为"她总是蛮横地做事，做错事，一桩一桩，不可原谅"的人？黑暗中，阮妈妈觉得太阳穴在突突跳动。而窗外下起了瓢泼大雨，她想，也许是窗子还没有关严吧，要不脸上怎么有片片湿意呢。起身去关窗，却见丈夫一脚踹开了房门，凶神恶煞，一手持刀朝自己靠近。

"你要干什么？"

"我要宰了你！"丈夫一脸杀气，"我忍了你这么多年了，不宰了你，我吞不下这口恶气。"

尽管胆战心惊，但女人还是精神抖擞。"你疯了么，吃了豹子胆了？还要杀了老娘不成？是男人你就过来劈老娘一刀……"话音未落，女人只觉得眼前闪过一道白光，再一摸额头，有湿嗒嗒的液体流下来。

"你……你……"女人抬起手来指着继续靠近的丈夫，见到站在他身后的青木，立即如遇大赦一样高声叫着："儿子，快抢下你爸手里的刀，他要杀了我。"

眉清目秀的阮青木淡淡地说："为什么要阻止他呢？"

"啊？"

"……你是该杀的人！"

那一瞬，女人绝望地闭上了眼，耳边响起了滂沱的雨声，哗哗哗——这雨仿佛一直下到了天的尽头。

这一惊，女人咯噔一下从梦里醒来。她抬手擦了擦额头的冷汗，还好是个梦。翻了个身后才看见从门缝里透过来的细微光亮。客厅里有人悄声对话。她立时从床上坐起来，屏气凝息，听见门外的动静。

"爸，你是有中意的人了吧？"

"别瞎说！"

"那天我看见……"

黑暗中的陆地感受到来自地壳深处的咆哮和震动，陆地裂成峡谷，沧海夷为平川，天地置换，腾挪躲闪，一瞬间，阮妈妈眼前一黑，听见了从世界尽头朝自己滚滚而来的洪荒之水。她觉得自己马上就要溺水而死。

03>>>

有意思的事。

开学典礼上，校长讲话完毕之后逐个介绍高一各门功课的老师。阮青木之前也是低头玩着手里的PSP，无暇再去看班里那些相貌实在不敢叫人恭维的同窗们，心里多少还是有点挂记父母间的事，玩着玩着就失神了，丧气地抬起头。正赶上校长大声地介绍着"现在请政治范老师上台给大家讲话"。阮青木的额上浮现出了一条黑线，就算是重点中学，也不至于这么离谱吧，阔气得连政治犯都请来了，请个警察什么的也在情理之中，居然请了反面代表，校长胆子肥得是不是该喝清肝去火减肥茶了？于是，不由自主地推了推架在鼻子上的眼镜，眯起眼睛朝前看。

穿着教员制服，还是显出青涩味道，走上台来的是个年轻老师，略微拘谨地说："大家好，我跟大家一样，也是刚刚走进这个校园，担任政治的教学工作，我姓范，叫范小虎。大家叫我范老师好了。"这一番解释之后，台下的人发出了恍然般的啊啊声，夹杂着一些人幸灾乐祸的哄笑。

坐在他前面的叫做夏宁屿的男生甚至探过身跟身边的女生小声地说："呀，看这个政治范老师唇红齿白的，是不是正合你意啊。所以，既然你来了这里，就不要很失望呀，看不惯我们这些猥亵男无所谓，毕竟还有老师可以YY一下啊。"结果不得而知，女生的粉红色的拳头砸过来。男生抱着头"啊呀啊呀"地叫起来。

对这样轻浮的人没有半点好感。

当时的阮青木并不知道同样对此感到厌恶的人还有顾小卓。那个之前被他无意中泼了一盆脏水的女生。散了会的操场上，乱糟糟的如同一个菜市场，两个人擦着肩路过的时候才认出彼此来。

"嗯，是你啊。"

"是啊。你也来这里读书啊。"

"我考上的。"完全没必要的解释。

"嗯。"

最终以女生的一句"哦，之前的事谢谢你哈"（指的是开学前他帮她在学校附近租房子的事）而男生回以"你已经说了好几次了啊"而结束。

"好，再见。"

"嗯，拜拜。"

阮青木那天放学后没敢回家，独自在街上绕了几个圈子，等停下来后发现自己站在民政局的门口。早上父母吵闹着要来民政局做离婚登记。妈妈是拗着不肯，而爸爸执意坚持，阮青木扔了句"要离就离，不离拉倒，这点破事天天吵个不休，烦不烦人啊"，然后摔门而去。他心里只是烦，少有感伤，或者遇到这样的状况束手无策泪流满面对他而言完全是小孩子的把戏。这样的阮青木内心强大凶猛。虽然有时候未必是好事。

既然不能好好地过下去，那么利索干脆地离了也很好啊。

尽管这样的想法很是不孝，但事实上的确如此。假如当时真的麻利地离了，事情也就不会朝着另外一个方向急转直下——

"喂——"

听到声音后转过身来看见了一天之中不止一次从眼前晃过的明亮的一张脸。

顾小卓扬了扬手里两只装满了东西的购物袋。"你站这做什么？"说完了恍然了下，"……你家长在这里上班吧。"虽然是试探性的询问却带着肯定的语气，像这样出众的男生，好看的样子，有钱的家境以及父母体面的工作都在常理之中吧。这样完全没头没脑的逻辑在见多了之后早成了女生心中认定的定律。

接下来的回复也只能用"骇人听闻"来形容，就连当事人阮青木本人也稍微有点惊讶，为什么要对这个用"素不相识"的词来形容也不过分的女生吐露真言："……今天我爸爸妈妈来这离婚。"

说完那句话，天似乎就黑了。

04>>>

晚上八点才敲开家门的阮青木愣了下，随即意识到之前在女生面前流下的眼泪有多可耻。因为满屋子都飘着红烧肉的香味。阮青木在这种味道中渐渐感觉到了最后的苍凉，明明自己是很豁达的，为什么在这一刻又希望时间凝聚于这一点，再也停滞不前？从厨房里走出来的妈妈比自己想像中要愉悦得多，而不是被自己恶毒地形容为"寡妇脸"的模样。她伸手招呼着站在门口的儿子：
"快进来——"

"呃。"

"去帮妈妈剥蒜。"

"我爸呢？"

"你爸下楼去买酱油了。"

"你们……"

妈妈有所会意地抬起头，还是一脸的笑，笑得阮青木有些摸不着头脑。于是伸手摸了摸头："你和我爸，你们俩……去了么……"

当天早上去学校之前的饭桌上，一家三口人还沉默不语，彼此对峙。而这一刻，妈妈愉悦得近乎失常。

"我跟你爸啊。"妈妈得意地笑了一下，"我们俩这么多年的老夫妻了，怎么可能说散就散呢，那只是一时气结才会说的话。青木，你不要当真。"

门那时被拉开，阮青木转身，看见了满脸愁容的爸爸。

不消说，这一役中，获得胜利的人不是阮钟贵。

05>>>

在阮青木能够看得见的光亮所在之外的黑暗区域里的事——

早上去民政局的路上，阮钟贵还是信心十足，一想到一会儿就可以把这个女人踹到自己的世界之外去，就忍不住春风得意起来。路上几次回头蛮横地催促跟在后面的妻子。

"你磨蹭什么啊？"

"是你走得太快好不好。"

"你一定是不想跟我离婚，才这样磨蹭来磨蹭去的。"阮钟贵前所未有的神气，"……不过我主意已定，想那么多也没用。你也知道，像我们这样把对方捆在一起的日子有多难过，所以不如趁着还不是特别老，散了吧。"

阮妈妈突然站住，脸白得像是一张纸："这正是你巴不得的，是不是？"

对峙了半天，阮钟贵才从对方充满杀气的眼神里看出些东西来："……是……你想怎么样？"

"休想甩了我。"阮妈妈抬手捋了捋头发，"你的春秋大梦做得也太早了吧，你当我是玩具么，时时刻刻随你摆弄，你当我是傻子么，外面养了一个才十九岁的小情妇，最无耻的还是你教过的学生，难道你以为这一切我都被蒙在鼓里毫不知情么？"

"你……你跟踪我？"

"我不仅跟踪你。还派了私家侦探呢。这可花费了我不少钱。"

"你……"

"而且我也花钱请了律师，你跟人偷情的证据我已经转到律师手上。"她朝惨白着脸的阮钟贵露出胜利者的笑容，"所以说，如果你真想跟我离婚也行哈，那就把所有的财产全部留下来，你净身出户。还有，就是即使是这样的话，法庭也要征得我的同意，你的离婚申请才可以被批准。所以，你还不求求我——"

"放屁！"

"哦呀呀，你不是知识分子么，怎么也爆起粗口来了。我跟你说，要是你想破罐子破摔，我就跟你摔到底。就是你不为咱们家儿子考虑考虑，你也得为你的小情妇考虑考虑吧。你要知道，如果我一时发疯，跑到学校去大闹一场的话，会是什么结果？"

"你到底想干什么？"阮钟贵有些绝望地闭上了眼。

"我们还是回家好好过日子吧。"她走过来，牵起男人的手，"……其实就算我答应跟你离婚，又能怎么样呢，你中意的那位还不到法定的结婚年龄吧，她只是年纪尚小，一时糊涂，等到再过几年，还怎么看得上你呢？"

——之前阮妈妈花了一个星期跟踪阮钟贵，最终战果卓著。这样的事，即使不去将细节公之于众，大体也能想像得见其中的情景：傍晚曲折的小街，穿黑色衣服竖起衣领甚至还戴了顶帽子遮住脸面的阮妈妈，嘴角带着恨意的微笑，以及内心里种种暗黑的想法"阮钟贵，你休想跟老娘离婚，找那个小贱人逍遥去"之类的诅咒。

这样的场景在阮钟贵的头脑里一遍遍回放，自己当时怎么就那么不小心。

要知道，如果在跟老婆离婚之后，比这些事还要不堪入目的场景被她碰个正着都无所谓，但现在不行，现在他处于道德的凹地。而居高临下的老婆，又摆出了一副"得饶人处且饶人"的架势来。除了甘拜下风之外，还能怎么样呢？

事情止步于此的话，尚且算好。

06>>>

学校里的事之一：

初中时候接触到的老师大都跟自己的父母一个年纪，甚至还要老一些，这样的一群人，就算是表现得温和热情，在阮青木的眼里也还是只能用"慈爱的长辈"来形容而已。而眼前的政治范老师则截然不同了。刚刚从大学校门出来，身上还带着孩子气，不穿教工校服的时候混迹于学生群里也常常被误认为是学生，仅仅相差了四岁的年纪，扔在学生堆里完全分辨不出来，这样的情景使得范小虎老师成为校长大人最忧心忡忡的员工之一。

——"小范啊，你一定要努力使自己成熟起来啊，走出大学校门，你可就不是学生了！"

——"对待学生呢，也不能一味地纵容啊，该严厉的时候不能手软。"校长挑了挑眉毛，"我听说有些女学生给你写情书？"

——"不管怎么说，你可千万不能犯错误啊。"

范小虎之前还笑着一张脸应着校长大人的话，而在对方这句话一落地，脸色立即难看起来，整个人像是被猛地抽了一鞭子，紧绷着脸。回应过去的话也略略显得有些刺耳："生平我什么事都看得开，受得住，最不能容忍的事就是师生恋，这些人就该拉出去直接砍了。"

之前还和颜悦色的校长大人心中暗暗揣度，这范小虎表决心也不必这么坚决吧。但见对方态度如此强硬，也不便再说什么就匆匆结束了谈话。憋了一肚子气的范小虎从校长办公室出来回到班级看自习，不停地有学生以上厕所为名离开教室，怒气一下就烧到了头顶，喊住那人名字教训起来："一节课上好几次厕所，要是你没什么病的话，我看你就是没毅力！"众人在面面相觑，很难搞懂是否有毅力跟上厕所之间到底有什么因果关系。"想当年我上学的时候，一个上午都不去厕所，我都快憋出膀胱炎来了。"

被教训的阮青木忍不住扑哧一声笑了出来。

"你倒是还有脸笑啊！"范老师一脸肃杀之气，丝毫没有开玩笑的意思。

"难道我还要哭么？"阮青木声音不大，"就为上次厕所这么点破事，至于这么大脾气呀？"这么说着，不由得望向了浑身颤抖的范小虎。

"你要接受教育！"

"哦？"

"你要向我学习！"

"难道学习你也憋出了膀胱炎。"这句话说得只有阮青木自己听得到，他是极其聪明的孩子，知道在什么样的火候下适可而止，给对方一个台阶下。于是乖乖地转身回到位子上去，这样一直拖到了下课，他才以百米冲刺的速度第一个冲出教室直奔厕所。

即便是跟范小虎有了这样的矛盾，阮青木也没有对这个人表示失望。求学多年，知道某些人跟老师的关系实在是积怨难返，最后双方都不愉快。倘若彼此不互相伤害，那就有机会成为朋友，何况范小虎留给他的印象还算不错。

年轻、健康、有型……更重要的是，还有为，阮青木比较欣赏范小虎横溢的才华，唯一有些瑕疵的是，这个人在某些时候表现得跟小孩子一样幼稚无二。

放学的时候，做完值日的阮青木锁好教室的门，一转身，看见了站在长长走廊尽头的范小虎，正有些落寞跟歉意地朝自己看过来。于是，朝对方露出温暖的笑容。

"范老师怎么还在？"青木紧了紧肩上的书包，"傻站在这里等着天上掉馅饼啊！"

"我等你啊。"

轮到阮青木目瞪口呆："等我？"

"放心，我不是找你麻烦。"一瞬间，范小虎露出了难以启齿的神情来，"……下午的事，我做得是不是有些不妥？"

阮青木眼睛亮了起来："你不让我上厕所的事？"

"嗯。"

青木几乎是没经大脑思考的脱口而出："何止是不妥，简直是对我正当生理要求的粗暴拒绝，你说，万一我憋出个三长两短的来，这么大责任你担当得起么？"

范小虎露出两颗小虎牙笑了起来。

"阮青木——"范小虎拍着对方的肩膀，"你这么说，是不是意味着你不会跟我计较这件事了呀。"

"哪里哪里，老师也是为我好么。"阮青木困惑地抓了抓头，"只是——"

"只是什么？"

"老师下午是不是跟谁生气了，脸色那么臭呀。"

范小虎直爽地说："是遇到了麻烦的事。"

"说说看？"

"少儿不宜啊！"

"我都多大啦，别把我当小孩看！"阮青木抗议。

"我宣布你的抗议无效，在我眼里，你就是一个小孩。"

所谓"少儿不宜"的事是：范小虎失恋了。他从很小的时候就喜欢的女孩子，为了她甚至放弃了在大城市里的一份好工作而回到青耳来，然而等待他的却是女孩子冰冷的回绝。

"我对你已经没有感觉了，我们没法在一起了。"

学校里的事之二：

月考被学校弄成跟高考一样严肃，打乱班级顺序，阮青木跟顾小卓被分在同一个考场。在老师通告考场分布情况的时候，阮青木竟觉有暖流穿过身体，他在稍微有点嘈杂的环境中慢慢转过头，看见了顾小卓的座位却是空的。

心像是被剐了一条细小的口子出来。

而后面不停地有人叫自己的名字。

其实光听声音就足以辨别，是自己的初中同学兼顾小卓现任同桌白笙远，用不学无术来形容这个旧日同窗几乎是最妥帖的。迫于老师还在讲台上，阮青木也只好低低地回应："哦？"然后不甘心地问了句："顾小卓呢？"即使知道说完这句话之后身边的女生脸色青了一块。

白笙远狡黠地眨了眨眼睛："你想知道呀？"

"嗯。"

"那我拜托你一件事，你必须答应我哦。"

想了想，阮青木就点了头。

"好啊，你说吧，我答应你。"

"她来事了——"

说完这句话，阮青木石化在了那里，在被老师喊了三声名字之后才慌乱地站起来。而小无赖白笙远拜托给自己的也非什么好事，而是要自己协助他考试作弊。

"可我们不在一个考场啊！"阮青木想要推掉这个烂摊子，甩手不干，"怎么作弊啊？"

"嗒，把手机调整成静音，然后偷偷带进考场就可以了。"朝老同学再次狡黠地眨起了眼，"你把答案通过短消息发送给我就可以了。"

阮青木有些无奈地说："求你不要再眨了，再眨眼珠子都要掉出来了。"

这么多年，阮青木学习上都是高手，在作弊上也是可以跟白笙远匹敌的一等一的高手。导致这个现状的原因有二：卷子上那些智力题目对于阮青木来说很好应付；二是有一群狐朋狗友，逼上梁山。所以，眼下的阮青木一边自得地答着题目，一边悠闲地将答案编成短信息发送到白笙远的手机上。

无人察觉。

而如果把目光切换到另外一间教室，上演的可正是一出风光好戏。

安静的教室里，只有走笔的沙沙声，以及偶尔挪动桌椅，在地面上拉出的一道摩擦声。老师安静地站在黑板前面，一声不吭，惟恐出了一点声音打扰到学生们的思维。就是在如此庄重肃静的环境下，突然爆发出一声惨绝人寰的惊叫声。

嗯，是惨绝人寰。

那一刻，白笙远的小脸彻底白了。

他忘记把短消息铃声调成静音了，还保留着从网上下载的午夜惊魂的铃声。打开短消息看见了整整齐齐的选择答案，一边惊叹着阮青木这小子真是个天才，一边悔意跟海水一样朝自己席卷而来。再抬头看看周围捂着胸口惨白着脸的那些被惊吓到的女生，以及台上愤怒的老师，白笙远乖乖地举手投降。

被带去教导处的路上，白笙远一直在想："我真傻，真的，我单知道发短消息作弊很便捷，却没有想到把手机调成静音。那么好的答案，又准确又整齐，我怎么那么不小心就被抓到了。要是没被抓到，这次考试我准进前十名，那我爸就会给我最新款的PSP。"这么越想越委屈，以至于在老师批评自己时流下了后悔的眼泪。

老师也看穿了白笙远的心思："别指望我看见你的眼泪就心软，我身经百战，看得多了，你这分明是鳄鱼的眼泪。"

罪魁祸首的手机被范小虎抢了去。

写完最后一笔，将卷子翻过来扣在桌上，又觉察到了裤子口袋里的震动。

眉毛挑了挑，小小地表示了下不耐烦："白笙远你这个笨蛋还行不行了，发给你的答案足够打九十分了。不要逼得我们俩成雷同卷，一起被逮去办公室挨批吧。"但还是偷偷地拿出手机,点之后,看见的是:"小木木,我已交卷,操场广播台集合。"

阮青木想也没想就起身交了卷。

在看见阮青木扯着书包从教学楼里冲出来的时候,旗杆下的范小虎站直了身体,朝着对方露出了一脸复杂的笑容。

"阮青木!"

抬眼看见的却是范小虎,阮青木觉得事情像是在哪里拐了个弯,朝向了完全不同的方向。

"哦,老师?"

"你来找白笙远吧?"

"嗯?"青木抓了抓头发,"你怎么知道的?"

范小虎什么也没说,只是朝对方扬了扬手中的手机。在那一刻,阮青木觉得自己像是一座山一样,轰隆隆地塌陷了。心里一千次一万次地诅咒着:"白笙远你这个大笨蛋,拖我下水已经快到一百次啦!"即便如此,还是努力挤出一脸笑:"老师,你还真是诡计多端!"

"我们来谈个条件吧?"

"好呀!"

——其实,阮青木一点也不惧怕范小虎。总是觉得他像是自己的兄长。那种在夜晚里能听得见身体拔节的咔咔声,自己听得见,他也听得见;那种充溢在胸腔里的市井游侠的风骨,若三年前得见,或许会跟他一起在街上打架斗殴;如此种种,范小虎在阮青木的心里占据了一块顶重要的位置,在成长的年月里,每个少年的心底总有一块地方,柔软,清澈,给予依赖和信任的人准备着。所以,他很清楚范小虎不会在这件事上太为难自己,索性安了安心。

"今天早上我接到一个陌生女人的电话。"

"那又怎么样?"阮青木挑了挑眉毛。

欲言又止,范小虎苦恼地皱起了眉:"你爸是职专的老师吧。"

"对啊。"

"我在想，能不能通过你爸帮一下。"范小虎一脸严肃，"现在我完全没有办法接触到她……"

阮青木欣欣然的样子："我爸啊，你有事要拜托他的话请随便讲，他人很和气的。"

"那谢谢你啊。"

"老师你最近情绪不大稳定，还不开心的样子。"阮青木试探着询问，"就是因为感情出了问题吧？"

"没错。"那张严肃古板的脸立刻变形成苦瓜一只，"我被莫名其妙地甩了，而且还有人打过电话来胡说八道，我现在只觉得乱，很乱……"

"你要振作起来，我很看好你呀。"觉得这样说不够劲，又补充道："哪个女孩看不中你，简直是眼睛长到脑壳上去了。"

"行行行，赶紧回去准备考下一科吧。"

"那放学的时候我来招呼你一起去见我爸吧。"

"好啊。"

08>>>

不知从什么时候开始，彼此的关系渐渐逾越了师生的界限，把对方当成是自己的心腹、朋友。在遇到棘手的问题时首先会想到对方，甚至有一次在很晚的时候给对方发短信："喂，我想我是害上了相思病。"

等发出短消息之后，悔恨得肠子都青了。

想到这种隐私问题抛给对方会让人觉得鄙视甚至是厌恶的吧。纵有千种设想，没想到范小虎发回来的消息却是："半夜两点了，你还让不让我睡觉？"

事情到此并没有结束，第二天放学的时候范小虎拦住了懒洋洋的阮青木。

"你一整天也没有打起精神来。"

"啊？"青木举起双手揉了揉眼。

"是非常非常的想念她吧？"

"谁呀？"

"顾小卓啊。"

被说中了心思的阮青木不仅清醒了大半，一张脸也飞快地红起来，但还是辩解道："昨天我是跟你开玩笑呢。"

"你在说谎吧。"

"我没有。"

"是么？"范小虎笑笑，然后举起手机跟对方摇了摇，拿腔捏调地念起来："顾小卓，晚上放学有空么，我请你去吃小炒肉好不好呀？"看着对方一张脸变白了又变红了，笑着说："阮青木同学，现在你还有什么话好说呀。"

"我说怎么没回我呢。原来是发到你这去了。"阮青木咧开嘴巴笑了笑，"我说我在她眼里也不至于那么无足轻重嘛。"

"那……你是真的喜欢她的吧。"

"嗯。"

温度慢慢回到心脏上，像是耀眼的光缠绕着少年的心。

"其实……我也经历过你这样的事呢？"

这倒是勾起了少年的兴致："老师也有一段风流韵事啊，讲讲看？"

"去去去——跟我正经点。"

看着阮青木猴急猴急的样子，范小虎故意挑起了对方的胃口："说来话长啊！"

09>>>

去往市职专的路上。

两人搭了一段公交车之后，剩下的一段不长不短的路要步行过去。

"这所学校还真是偏僻。"

"所以是最爱出事的学校啊。"阮青木自以为是地解释着，话题一转，"要是按年纪算起来，你是大她许多吧？"

"没有啊。"老师一副得意的样子，"我跟妞妞只差两岁而已。"

"那你们什么时候开始的啊？"

"读中学的时候呀。"范小虎耸耸肩膀，"后来我就去了外地读大学，一旦异地，我就觉得自己离妞妞越来越远。"

"……所以才会成为现在这个样子。"

范小虎没有回答，而是掏出手机，一条新的短消息刚刚发送过来。他低头去查看。然后抬头跟阮青木讲："又是那陌生人的短信，她跟我说，妞妞现在正在学校附近的一家茶餐厅吃饭。你爸约的我们几点？要不我们先去看看妞妞吧？"

"我爸约的五点呢。"阮青木说，"时间来得及。"

电话就是这时挂过来的，阮青木接了起来，是阮钟贵挂过来的电话，一连串的"嗯嗯"声之后，阮青木说正好他父亲临时有事，所以推迟半个小时见面。

"那，我们看看能不能先见到妞妞。"

妞妞小鸟依人地钻在男人怀里。

两个人在餐厅门口告别，却还是黏得像是一对年轻的恋人。男人张了张嘴安慰妞妞说："你不要老是这样，要晓得我老婆可是神通广大，暗中说不定有几双眼睛盯着咱们。"

"那你离婚啊。"

"哪那么容易啊。"男人叹了一口气之后习惯性地朝旁边张望了一下，然后，他就石化在那了。

街道对面站着两个男孩。

纷纷在一瞬间红掉了眼眶。

就在阮青木跟爸爸的目光对撞上的一刻，他也听见了站在旁边的范小虎撕心裂肺地叫了句："妞妞，你怎么可以这样——"

四双目光错综复杂地交织一起。

沉默的、尴尬的、冰冷的，像是一把刀子接连贯穿四个人的胸膛。

少年阮青木一张脸火辣辣的，他的肩彻底塌了下去，他觉得对范小虎说一万次"对不起"也不能抵消他身上的负罪感。

而谁都没有注意到的是，远远的地方，藏在黑暗中的第五双眼睛。

丨口>>>

事情远远没有结束。

纵使范小虎不是口无遮拦的人，也没有跑到职专大闹一场，可是秘密的口子一旦被撕开之后，其传播蔓延的速度还是快得惊人。

对于阮钟贵跟自己的女学生搞师生恋的花边新闻，各种版本，铺天盖地朝阮青木袭来。甚至在自己的学校，也常有半生不熟的同学一脸侦探相跑来，问："他们说的那个事是真的么？"末了还会附上"你还真是倒霉啊"。

而当每次单独面对范小虎的时候，阮青木都羞愧地红掉一张脸。

他觉得是爸爸做了错事，对不起他最好的老师、朋友。

而这种观点在不久之后就遭到了逆转。

职专校长因为这个事找爸爸谈话的那天早上，在家里吃早饭的时候，妈妈还操着一副怪腔调讲话，原来是因为儿子不晓得父亲在外面偷情这件事，现在晓得了，她说起来也就无所顾忌。因为自己被抓到了短处，阮钟贵更是一声不吭。他一次次偷偷抬起眼看向儿子，却没有看到原谅的目光。

阮青木旁若无人地盯着早间电视节目，然后立起身，干脆地说："我吃完了，我上学去了。你们继续——"

温度慢慢从身体流失。他默默注视着儿子的背影，真的很想开口跟他说句"对不起"，可是发现自己却没有勇气来说出这些。

就是这一天，阮钟贵被校长炒了鱿鱼。

然后在回家的路上买了一瓶农药，全部喝光。

阮青木得知这个消息的时候，他发了疯似的从教室里跑出去，然后在操场上遇见了夹着讲义走过来的范小虎。

夕阳下，两个人遥遥相对。

其实就算是爸爸真的死掉了，这个世界也不会有什么改变，范小虎也不必因此承担什么，因为爸爸对于这个世界，对于他这样的人来说，真的什么也算不上。

除了自己，没有人在乎。

温度慢慢流失掉，他愤怒地注视着对面的这个人，紧抿着嘴唇，心里的话却是——"我爸爸他究竟做错了什么，他不就是跟一个人在一起，贪恋一点温暖，你们何苦这样逼他，让他绝望，让他看不到光，让他活不下去？"

阮青木攥紧拳头。在难以承受的寂静中，他突然听见了"咔"的一声，像是金属折断的声音，他觉得他跟这个世界的某个环节中断了。

有些事再也不能做了。

阮钟贵因抢救无效不幸离世。就在那天，阮青木独自矗立在夕阳下，影子被拉得格外颀长，少年抬起手，遮挡住因为悲伤而哭泣得发红的眼眶。

黑暗如同突然卷来的潮水，在瞬间吞噬掉一天之中最后的光线，连同低低的哀鸣都被裹挟着流放到遥远的未知地。

第六回

我喜欢你。
从来不需要想起。
永远也不会忘记。

　　窗外的黑色像是黏稠的墨汁，这样的环境常常使阮青木觉得自己是在黑暗的夜空里飞翔。他安静地躺在床上，太阳穴一跳一跳，整个头部牵扯着像要裂开了一样疼。门吱呀地被推开，跟着有人走进房间来，"啪"的一声拧亮了灯。接着，像是从很远的地方响起了悠长的铃声。

　　黑暗中，阮青木抬起沉重的眼皮。周遭还是一片漆黑，他起身拉开门，发现客厅的窗户没有关，风倒灌进来，白色的窗帘飘在空中。

　　铃声从沙发底下传出来，阮青木跪在地上，才把手机拣起来，然后想也没想地按下了接听键，一个既陌生又熟悉的声音横冲直撞地敲进了耳膜。

　　"请问你是谁？"对方显得有点激动，"你知不知道阮钟贵死了？"

　　"……"

　　"你说话啊！"对方显然情绪受到了很大的波动，"如果不是你暗中指使通报，即使我知道真相，也未必是以那种直接的方式。并且之后我也没有散布消息，为什么却像是人尽皆知的样子，如果不是巧合偶然的话，那么你就是另有所图！"

　　阮青木举着电话的手抖得厉害，像是谁抽走了他的筋骨，几乎无法站立。

　　"你别以为沉默就可以逃避我的追问。"那咆哮的声音将阮青木的耳膜刺得生疼，"你这么做相当于谋杀！谋杀什么意思你懂不？"瞬间之下，对方低声喘息，"……你知道我现在承受着多大的舆论压力，你……"

　　阮青木呆呆地站在客厅中间，像是一座雕塑一动不动。

　　黑暗中，如果明明知道对面存在着一个让人看一眼就想呕吐的恐惧怪物，那么最好就不要看见，让它永远存于想像之中。可是，突然袭来的闪电在瞬间照亮了漆黑的空间，怪物狰狞的面孔，以及散发着腥咸味道的垂涎，全部在这个闪光的瞬间朝自己扑来。

　　这就如同被揭开的真相，以无比残忍的方式贯穿了少年的胸腔。

如果不够冷酷，不够强大，那么除了哭泣、绝望，似乎也没什么应对的方式了。

后来的某些时候，回想起那个电话，阮青木宁愿母亲并没有把手机遗忘在家里，这样的话，那个真相或许就永远是被掩饰在黑暗的河流之中，沉入河床，被淤泥所覆盖、吞噬，最终成为一个永久的秘密。

心里还有疑虑跟不安的话，直面真相显然更加残酷。

顺着面颊滚下的两滴热泪掉在了地板上。

"范老师……"阮青木哽咽着说，"……我知道我爸是怎么死的了。"

"阮青木？"

"……是你们逼死了他！"

有人气喘吁吁地在楼道里奔跑，然后是钥匙插进门孔的声音。"喀哒"一声，门被拉开，露出一张憔悴焦急的脸。

"青木——"妈妈慌张地说，"真是要命，我竟然——"

"你竟然粗心大意到把手机都落在家里了。"阮青木阴冷地笑了笑，然后把手机举在眼前朝对方晃了晃。

"你……"

"妈，我并没有翻你手机里的消息。"少年伪装的冷酷终究抵不过现实的残酷，红红的眼眶再一次潮湿起来，"我只是……"

女人也注意到儿子的异常之处，心里已经是万马奔腾一片混战了。若是被儿子发现了自己在暗中做下的那些勾当，即使是个弱智，也很清楚那意味着什么。

"青木，无论你看到什么，都不要往心里去。"

"……我接了一个人的电话，他说你跟他一起谋杀了我爸……"

冷风长驱直入，云朵贴在深蓝色的被冻僵的云壁上一动不动。这世界在短时间内被恶狠狠地凝固了，阮妈妈手里的挎包，"咣当"一声掉在了地板上。

夏宁屿回到学校的时候，并没有提前通知老师。

所以当他背着书包，架着一支拐杖，敲开教室门的时候，包括顾小卓在内，所有人都微微地怔了一下。

而在此之前，很多人误以为夏宁屿在那场莫名其妙的车祸中彻底挂掉了，所以很多人惊讶到说不出话。某种尴尬的气氛在教室上空浮荡，一直到授课老师发出热情夸张的欢迎声。

"你好了？"

"嗯。"

"以后正常上学没什么大碍吧？"老师疑虑地看了眼对方支撑着的拐杖，"会有很多不方便吧？"

夏宁屿倔强地看着老师。"没……没有任何不方便！"顿了顿又说："医生说，恢复得好的话，以后我就可以抛掉这支拐。"

似乎是这句话里蕴涵的力量震慑住了老师，他接下来那种虽然是善心却显得夸张的做法，叫夏宁屿难受得要命。

"那么大家来鼓掌欢迎夏宁屿回来。"

哗啦哗啦的掌声里，夏宁屿的目光转向了坐在人群里的顾小卓，她非常安静，就像是一株仙人掌一样，浑身是刺，一动未动。

"夏宁屿这种坚强的精神非常宝贵，值得我们学习。"老师清了清嗓子，"所谓大难不死，必有后福，我相信，就凭他的这股不服气的劲头，将来肯定会有出息的。"然后转过脸来看向夏宁屿，"奥数竞赛培训班选拔学员下周开始了，你数学很有天赋的，一定要参加呀。……所以，同学们一定要帮助爱护夏宁屿，在生活上学习上，让他重新融入到我们的班级中来。"

夏宁屿微微牵动唇角。

——如果他知道车祸事件的来龙去脉；

——如果他知道在他大放厥词之时下面有的同学已经哈欠连天甚至不耐烦

地翻起了白眼;

——如果他知道其实自己的一条腿永远要依靠拐杖;

——如果他知道经历了这些之后,他还要回到这里来的目的;

——如果他知道这些,那么他会怎么说呢?

03>>>

顾小卓本来是想起身走过去的。

但一下课之后,在夏宁屿的周围,立即被围拢得水泄不通。唧唧喳喳,跟闹市没有什么区别。

而所有的那些声音里,带着怜悯的、好奇的、虚假的、愉悦的、哀伤的声音里,惟独没有听见夏宁屿的声音;摇晃在眼前的白色光晕里,是男生单薄而白皙的一张脸,或许因为日照的原因,微微泛起了桃红。

于是拿起笔来,无所事事地戳着笔记本。

一片阴影从后方移动过来。

顾小卓不用回头,也知道站在身后的人是阮青木。而最近一段时间,他的显著标志就是潦倒的面容,以及袖子上别着的一条黑布。虽然没有"孝"字,但还是彰显着至亲的离世。浑身上下散发着冰冷颓废味道的阮青木按住了顾小卓的肩膀。

"嗯?"

"放学后一起走吧?"

"嗯。"小卓伸手拉了下男生的衣角,"要不要一起过去?"目光移向夏宁屿的方向。

冷光里僵立着的阮青木,脸庞里毫无血色,反问回去:"要么?"

"算了,也没什么可说的。"顾小卓低低地应着。

"那放学后你在门口等我,我今天骑车来的,可以载你。"

时光不知在什么时候已经溜走了。

窗外是簇拥着的迎春花。

连阳光都带着花朵的芬芳，顾小卓扭头看着绿意点缀的校园，听着周围的一片聒噪。如果说还有幸福的话，那么就是有些事该过去的都过去了，有些以为不能面对的事也可以面对了，而冬天过去春天降临，万物生长春暖花开。

与阮青木保持着准恋爱关系。

虽然他从来没有亲口对她表白过什么，但……

顾小卓想起这些就转头看向角落里的阮青木，同样的白色外套，蓝色运动裤，为什么套在他的身上就那么与众不同呢？跟他并肩站在一起时，为什么胸口会流淌过温热的暖流，就像是此刻，窗外徜徉的阳光。

同桌跑过来央求自己陪她一起上厕所。

回来的时候，一抬头，看见走廊前方站着夏宁屿。

一个人，背着阳光，微微弓肩，跟阮青木的霸气、冷峻完全不同的气质，绝对不仅仅是看起来顺眼，他天生带着那种让人怜悯的色彩。在任何时候、任何场景之下，那种凝固住的状态，都使人觉得他单薄，需要人的保护。

同桌很识趣地拍了下顾小卓的肩，朝前方努了努嘴巴说："他一定是在等你。"

等走到跟前，同桌又朝男生笑起了鬼脸："你对顾小卓有话要说……是吧？"男生点了点头。她则边欢快地说着"那你们好好谈啊"，边飞快地朝顾小卓不怀好意地眨眼朝教室里跑去。

听起来没有什么营养的对话：

"我以为你会去看我的。"

"我一直很忙……"

"忙什么呢？"

"忙……"

看着女生吞吐难言，夏宁屿换了个话题。

"你跟阮青木怎么样了啊？"

"没怎么样啊。"

"真的？"

"当然没怎么样。"

"这样啊。"他深吸了一口气，"放学后我们一起走好不好呀？"

"嗯？"

"我们顺路的。"然后又补充了一句，"医生说我现在行动还不是很方便的，最好有人在身边照顾会更安全。"

"为什么找到我？"

"因为你最应该做这件事了吧。"

瞬间冰冷下来的气氛。

寒气在一寸一寸地残食两人之间适才建立起来的温和情调。

"你这是什么意思？"顾小卓的脸忍不住冷下来，"你成为这个样子，跟我有什么瓜葛么？"

夏宁屿张了张嘴却没有发出声音。

显然顾小卓并不满足于这样的回应。

"有么？"

"……"

"是我开车把你撞成了残废么？"

"……不是……也没有瓜葛。"

"既然这样的话，那么我也没有义务陪你上下学，是不是？"

"是。"夏宁屿嗫嚅着，"可是……"

"而且，无论过去、现在还是将来，我、我们家都没有亏欠你的地方。即使有，我妈的死也足以抵消一切了。所以，请你不要对我提出任何要求。"

"……我只是想证明给你看，我并不是你想像的那样的人。"

"对不起，我对你没有丝毫兴趣。"

——可是，我喜欢你。

有些话注定永远没有办法说出口，阻塞在胸膛里，若不能消化，则会腐烂成夺命的凶器。夏宁屿的眼角已经闪起了水光。虽然对方也觉得质问得过分，缓下口气来：

"……要不改天吧，今天真的不行，我还有别的事呢。"

"那好吧。"

所谓"别的事"。

一个人打车回家。路上看见了顾小卓。阮青木载着她几乎是贴着车窗擦过去。街道两旁开满了暖洋洋的花，夏宁屿却还是看见了顾小卓无声而恬然地伏在男生的后背上，两只手轻轻勒住了男生的腰。

忍不住还是拿出手机编了短信。

□4>>>

"这样不好吧？"小卓指的是阮青木一心要带她去他家做客的事，"你妈一准儿会生气。"

"你莫管她。"阮青木的声音里都透着冷气，"我要的就是这个效果。"

"你这样做也未免太冷血了吧？"

"……总之，你听我的就是了。"

已经是黄昏，从男生的单车上跳下来后，手机"啪"一声摔在了地上，她蹲下去拣起来的间隙，阮青木已经把车子支好，转过身来正对着慢慢直起身来的顾小卓。

突然而至的拥抱。

即使是隔着衬衣，男生身上的温度还是传递了过来。小卓微微地闭上眼睛，那些温暖如同小小的火焰，游走于皮肤之下。

多想这一刻就这样停下来。

顾小卓慢慢睁开了眼睛，看见了阮青木圆瞪着眼睛，脸上挂着淡淡的得意笑容，然后顺着男生的目光看过去——

楼上只有一扇打开的窗户，而之前一直聚精会神地朝下面注视的女主人，在意识到楼下的这一对少男少女发现到自己的窥视后迅速地合上了窗子，消失于顾小卓的视线之外。

"你妈？"

"嗯。"

"被她看见了！"

"那又怎么样？"

"……你是故意叫她看见的吧？"小卓不敢相信似的问。

"没……没有——"

"看你吞吐的样子，就知道你在骗人。"顾小卓生气地撅起了嘴，"我这样，算什么？你手中的一个棋子么，还是——"

阮青木一把搂紧了顾小卓。

被弄疼的女生想大声喊叫却什么声音也发不出来。

男生咸咸的嘴唇近乎粗暴地覆盖过来。

顾小卓惊恐地睁大着眼睛，一辆红色的出租车从面前呼啸而过。顾小卓在粗暴的亲吻里，渐渐湿了眼角。

"我——喜——欢——你。"男生认真地说。

"嗯。"

这是他的第一次表白。

这是她的第一次默许。

看起来美好的少年恋爱由此拉开了帷幕。

而那些早已被置放在爱情前方道路上的重重障碍呢？

顾小卓抬头盯着楼上那扇被关得严严实实的窗子，任凭阮青木怎么规劝，还是头也不回地掉转方向回家。

在回家的路上才发现来自夏宁屿的两条短消息：

——"我想邀请你跟我一起过生日。PS：今天是我的生日，你还记得吧。"

——"比起阮青木来，我认为我更适合你。如果你不介意我现在这个样子。"

而顾小卓给予了无比简短的回复：

——"我不记得。"
——"我介意。"

楼道里的感应灯坏掉了。

夏宁屿站在原地，用一只脚踏了半天，也没有光亮，前方一片漆黑。而手机就在那时连续响了两声，并且手机通身散发出了蓝色的光芒。

淡淡地照亮了封闭空间里的漆黑。

——"我不记得。"
——"我介意。"

黑暗中，男生爬了一会儿楼梯，因为腿脚不便，停下来大口喘气，除了呼吸声之外，整个人怔在原地一动不动。就像是有个尖锐的声音不停地在夏宁屿的耳边反复强调着那两句话——"我不记得"、"我介意"——男生抬起一只手遮住了发红的眼眶。

——可是我却记得你的生日。
——可是我却不介意因为送你生日礼物被车撞成了残疾。

出操结束，跟随着人潮往回走。

听见走在前面的女生在窃窃私语，一脸神秘欢乐的神情。像这种情况也很常见，高中女生寻常的八卦话题又能有什么呢？大声喧哗的无非是正在看的动画片或者喜欢的某某明星；小声议论的则是隔壁某某君是个长相貌似陈冠希的帅哥，又或某某与某某拍拖之类的。她们的话题大体也逃脱不了这样的范围。

顾小卓对这些话题丝毫提不起兴趣来。

有人从后面走上来，狠狠地撞了下她的右肩。

"啊！"对方立即转身停住，露出了一副佯装恐惧的虚伪表情，"真的是对不起啊！"

"下次注意点。"

"可是我眼睛长到后脑勺上了。"对方显然来者不善，"怎么注意啊？"

"翟晓，你到底想干什么？"

"反正你现在有保护伞了，就算是别人想跟你找茬儿，你也不必在意我们这种小角色啊。"翟晓扬了一下那条描得又黑又浓的眉毛，"你家阮大帅哥自然会保驾护航啊！"

"你……你不要乱讲！"

"都亲嘴了，亲得吧唧吧唧的，还要别人不要乱讲！"

顾小卓又气又急，她一下明白过来刚才那些人游离在自己身上欲说还休的眼神，以及远离自己的窃窃私语。脸一下就白了。

"害怕了？"翟晓得意地问。

"是谁传的？"她问。

"这都已经满城风雨的了。"翟晓恶狠狠地说，"……估计你巴不得这样吧。"说完，又恶狠狠地挖了顾小卓一眼，扭着身子走开了。

07>>>

事情的发展比顾小卓预想得更糟糕。

对于那些"顾小卓这个女生真是不要脸，乘虚而入（指的是阮青木家里出现的变故）"又或者"其实她也嚣张不到哪里去，等风平浪静了之后，人家阮青木未必会看得上她"之类的议论，她其实并不放在心上。

放在心上的是，当天下午，阮青木竟然青着脸来问她。

"女生都那么虚荣么？"

"你指什么？"小卓从男生的厌恶的眼神里感觉到异样。

"你一定要把事情闹得沸沸扬扬，然后全世界的人都像是看动物园里的猴子一样看着我们俩……谈恋爱么？"

"我没有！"

"你知道这样对我们有多不利么？"

"……"

"老师肯定又要来找我们的麻烦……"阮青木踢了踢地，等着身边的同学走远，继续说，"而且，对我入选学生会也会有影响！"

"去死吧，你！"顾小卓把书包朝男生的脸上扔去，双手捂着脸转身就跑。

08>>>

阮青木就像是个被放大的气囊。似乎随时都有可能脱离地面漂浮到天空上贴着云壁飞行。

主动关掉手机，避免见到顾小卓。

因为生气，一张脸板得就像一块坚硬的大理石。

最后一节课，白笙远不识实务地凑过来，拉开凳子紧贴着阮青木坐下来叫他："嘿！"

"……什么？"

"你看起来闷闷不乐呀。"

"那又怎么样？"

"所以我及时地给你送来快乐药丸啊。"白笙远狡黠地眨了眨眼睛，"作为你的好兄弟，我这可真是雪中送炭呀。"

"送个屁咧。"

但见白笙远左右瞄了一番，才微微弓下肩线，刷地一下拉开衣服拉链，从里面拿出两张碟片来。

"哥们儿特意给你淘来的。"

"什么？"

"靠，你明知故问啊！"

"毛片？"

"这次升级了呀。"之前白笙远曾不知多少次向阮青木放"黄毒"。情色图片、有色读物以及一些道听途说来的性知识。对此，阮青木早已习以为常，并把对方当成性教育课的老师，如果遇到一些问题也会堂而皇之地前去咨询。

白笙远得意地"嗯"了一声。

教室突然之间安静了不少。

白笙远一张脸上的五官全部动员起来，上蹿下跳，挤眉弄眼。阮青木立刻将两张碟片塞进书包，抬起头来的时候看见老师刚刚进了教室。不过白笙远并未离开，而是有恃无恐地聊着天："……听说你跟顾小卓都打kiss了？"

"连这个她都跟你说了？"

"是呀。"

"她真不要脸啊。"

"我看人家那个是嫉妒唉。"

"你说谁？"

"翟晓啊。"白笙远反问，"你以为我说的是谁？"

"我……我……"阮青木说着回头去看顾小卓的位子。

空的。

"你支吾个屁啊！"白笙远很是不满，"总之你现在已经是有女人的男人了，所以，'那个'是必备的，以免到时候闹出笑话来。"

"你……也太色情了吧。我们仅仅是打个kiss而已。"

老师也注意到白笙远。"白笙远，你怎么四处乱窜！上节课我看你在……"

白笙远举起双手，还吐了吐舌头，朝老师做出可爱的鬼脸。"老师，我是向阮青木讨教一道数学题目的。"——撒起谎来，脸不红心不跳，镇静异常——"我这就回去，这就回去！"阮青木扯着嘴角笑了起来，心里暗暗佩服。

晚上放学恰巧是跟翟晓一起回家。

说是一起回家，还不如说是翟晓赖在自己身边，毕竟翟晓搬了新家之后，并非像以前一样顺路。

"你今天似乎不大开心？"翟晓问。

"还好吧。"阮青木在飞速转动大脑，想找个办法把翟晓甩掉，"……不过你今天好像格外兴奋。"

"你是不是还惦记着我之前做过的那些事呀？"

"呃。"

"我们青梅竹马这么多年的交情，你不会因为顾小卓就把我完全踢出局吧。"

听到"青梅竹马"四个字，阮青木差点吐出来。不过当着翟晓的面没法发作，只是勉强挤出一个苦笑："我不明白你为什么要说这些话。"

对于男生模糊的回应，翟晓显然很不满。

"你跟顾小卓的关系已经确定了吧？"

又来这一套，阮青木的忍耐已经到达了极限。他青起了脸吼道："你够了没有？"

"你干吗这么敏感？"翟晓也跟着生气了，"对你来说，她就真的那么重要么？我连提一下她名字的资格都没有？那……那我算什么？"

"你别以为我不知道！"

"知道什么？"

"关于我跟顾小卓的那些事，同学们正在议论的，都是你四处散布的。"阮青木恶狠狠地看过来，"指不定你还跟踪我了吧？"

"我没有！"

"骗鬼去吧，你！"

"好，阮青木，是我散布的又怎样？"

"你承认了就好，我受够了你这张乌鸦嘴！"

说完，跨上单车，扬长而去。

空荡荡的街道上，翟晓一个人站在那里，面无表情，但内心世界却已经炮火连天。她抿了抿嘴。

"既然你这么无情的话，那么以牙还牙就是我翟晓的风格。不是么？"女生心里这么想着，嘴角也露出淡淡的可怕的笑。

10>>>

青木在家楼下挂了电话给顾小卓。

想要道歉却没有机会，对方的电话一直处于无人接听状态。

他灰头土脸地进了房间。

老师留了很多的作业，把课本翻出来扔在桌上，却懒得去动一下。

要不是白笙远那么殷勤地发了一条短信进来询问自己欣赏了没有，阮青木也根本不会抱着巨大的好奇心把那两张碟片掏出来看。

母亲尚没有下班回来。

打开电脑，把碟片塞进光驱。

然后小心翼翼地点了播放键。

那些声音、画面以及光线，狰狞且强烈地刺进了阮青木的眼球，仿佛有人扼住了他的脖子，使他喘不过气来。

但他却不想关闭，就像是有魔力一样吸引着少年的视线。

很快，他就觉得身体有了反应。

于是按了暂停键。

急匆匆进了卫生间，拧开热水龙头冲澡。

热水猛泻下来的瞬间，阮青木的头脑才稍稍清醒了些，用尽力气把头脑里那些乱七八糟的想法努力地抛出去。

房门"喀哒"一声被打开。

阮青木在母亲走进客厅之后稍稍有些不安。

"在洗澡？"

"嗯。"

"妈——"阮青木并没有意识到母亲会提前回来，所以要换的内裤都没有带进来，"请帮我把衣服放在门口。"

"好。"母亲应着，"那我先避让一下，你洗好了换衣服。"

如果阮青木知道母亲避让的场所是自己的卧室的话，那么他宁愿在水龙头下面站一个世纪，哪怕被热水煮熟了烫伤了也行。可是——

就在阮青木擦干身体准备出门的时候，听到了从自己卧室里传出来的像是猪号般的尖叫。他两眼一黑，意识到母亲看到了电脑上播放的A片。

第七回

　　所有的这些，汇聚在一起，像是一把无比锋利的剑，朝着夏宁屿的胸口凶悍地刺来。

　　闭上眼睛，甚至听得见剑擦过空气所发出的冰冷的风声。

　　噗——

　　穿透衣料跟皮肤、肌肉，狠狠地扎入胸膛。

　　疼得眼泪从紧闭的眼角渗出。

01 >>>

你所想像得到的家庭矛盾母子对峙是什么样子的？

母亲苍白而激动的一张脸因为紧张而微微颤抖，犯下错误的儿子抓紧裤线站在墙角；

母亲尖声指责儿子，或者抬手抓起什么物件砸向对方，鲜血立刻流出来，染红了半张脸；

也或者情势调转过来，儿子轻松地抓住了母亲的手腕，阻止了对方想扇一个耳光过来的企图，然后冷着声音说："你一把年纪了，省省你的气力吧。"

或者理都不理对方的癫狂喊叫泪流满面，抬腿走人。

除了这些，还有比这更糟糕的么？

阮青木甚至来不及拿过毛巾擦干身体，湿漉漉地推开了卫生间的门，然后看见了一脸愤怒惊慌的母亲正站在客厅中央朝自己看过来。

他飞快地弯下身，从地上拣起衣物，遮在身前。

同时语调冰冷而飞快地说着："请你转过脸去！"

"我是你妈！"

"可我不是小孩子了。"阮青木倔强地看着对方，"并不是我所有的东西都是你的，所以你不能看我的身体。何况——"

"你赶紧穿上衣服吧。"说着，母亲背过身去。

"可以了。"

"嗯。"

"我有话要跟你说。"

"好啊。"阮青木双手抓着毛巾仍旧在擦拭着湿漉漉的头发。漆黑的双眼里读不到一丝温度，"我也正有话要跟你讲呢。"

母亲搓了搓手，面露难色。"……本来要是你爸还在的话，这些话也轮不到我来跟你说。"她抬眼看了儿子一眼，"你年纪还小，有些东西不是在这个时候接触的，比如抽烟啊喝酒啊……还有就是……"

"你是指我电脑上的A片？"

"……会使你精力分散到不好的方向上去。"

"我向你保证我不会成为强奸犯。"阮青木坚决地说着，"你也莫在我面前再提我爸，他是怎么死的，恐怕你心里最清楚。"

"儿子，你什么意思？"

"你不会要我挑明了说吧？"

母亲的脸顿时一片惨白。她张了张嘴，没发出声音，又张了张嘴，还是没有发出声音，就像是离开了水的鱼，干巴巴的可怜模样。

"我不会把你的所作所为昭示天下，作为回报，你也不该对我指手画脚说三道四吧。何况，你并没有资格在未经我允许的时候进我的房间是不是？"

"我是你妈！"

"可是你害死了我爸！"

这句话一出，两个人都凝固在那儿。

就像是最恐怖的一颗上膛子弹在那一刻发射出来，并且击中了每个人的靶心。

02>>>

进入五月份后，天气变得炎热起来。

丁香花在教室门口簇拥着开放，带点苦味的清香飘进了教室。很多人趁着这个时候努力读书，因为离考试的时间已经不远了。比起冬天时堆积着铅色的云山的天空，此刻的阳光明亮得耀眼炫目。

操场上有人在踢足球。

夏宁屿坐在靠窗口的位置，一只手支住下巴，朝外面看。除了他自己之外，所有人都在上体育课，要不是因为腿的缘故，他还是足球队的队长呢。这么想着，伤感就一下翻涌上来，刺眼的白光之下，所有人都恍惚成伤感的碎片。

本来顾小卓并没有注意到夏宁屿。

眼睛光盯着足球场上的阮青木，他生龙活虎地在场上带着球，单刀杀入对方禁区。欢呼声排山倒海摇荡在操场上空。

本来这样好好的。

却在无意之中听到了别人的几句对白。

——"要是夏宁屿不残的话，在场上风光的可就不是阮青木咧。"

——"你知道个屁咧！"另一个人不屑道，"像夏宁屿那种人，怎么能跟阮青木比呀，就算是他不残，也踢不过阮青木！"

——"你就那么肯定？"

——"当然。"声音刻意压低道，"连入学都是靠他老爸雄厚的赞助费。"

——"我可听人说，夏宁屿是个不错的人。你看他学习还是蛮努力的。而且他出车祸，就是因为咱班一女的。"

——"谁呀？"

——"我告诉你，你可不许跟别人说呀。"

——"嗯，你快点说吧。"

——"顾小卓。"

那一刻，身边的观众几乎全都雀跃地站了起来。阮青木连过五人，再一次只身杀入对方禁区。很多女生大声地喊着他的名字。耳边聒噪声一片。但见男生灵巧地停住球，抬脚大力抽射，足球直挂球门左上角。场边的观众又是一片喝彩。

这样的环境之下，顾小卓的目光悄悄地转向教室，夏宁屿的脸在耀眼的天光下格外苍白。

体育课结束，阮青木满头大汗地从足球场上下来，他就跟一个荣归故里的英雄一样被同学们簇拥着，矿泉水跟毛巾更是不用顾小卓来操心，不少女生热心地递了过去。阮青木也不推脱，顺手接来拧开瓶盖就大口大口地喝起来。

更有花痴的女生娇滴滴地说着："青木君你好棒啊！"

这边顾小卓差一点儿就喷了。还"青木君"，赶紧骑火箭飞日本去得了。最讨厌的就是这些整天卡哇伊起来没完没了的女生。索性退到人群之外，头皮发麻地朝着教室走去。

03>>>

"顾小卓！"一脚跨进门，夏宁屿就热情地打着招呼。

"嗯？"

"你可以陪我聊天吗？"夏宁屿苦恼地抓了抓头发，眼里流露出期待的眼神，"这条该死的腿根本没办法参加体育课。所以……很多事都不方便得很。"

不方便的事实在太多了。

学校里的教学楼没有电梯，因此上下楼要比别人花更多时间跟精力，学校的时间表却不会因为个人的原因而破例。记得有一次夏宁屿因为课间下楼而晚回来五分钟，敲开正在讲课的物理老师的门，迎接自己的就是不留情面的批评。"腿脚不利索就不要四处乱走，你以为你能跟健全人一样箭步如飞啊。"平时最喜好运动的夏宁屿不得不忍痛割爱，曾经是足球场上伙伴们最佩服的射手，现在却根本没有上场的机会。因为要踢学校的足球联赛，报名表上他认真地写上了自己的名字。体育委员却当着大家的面嘲笑说："别说射手了，你现在连守门员的能力都没有啊！"……

所有的这些，汇聚在一起，像是一把无比锋利的剑，朝着夏宁屿的胸口凶悍地刺来。

闭上眼睛，甚至听得见剑擦过空气所发出的冰冷的风声。

噗——

穿透衣料跟皮肤、肌肉，狠狠地扎入胸膛。

疼得眼泪从紧闭的眼角渗出。

"你要聊什么呢？"顾小卓在夏宁屿的面前站定。

"我想知道高二你选文科还是理科。"

"这关你什么事？"

"你选什么我就选什么呀。"

"为什么？"

"我想跟你坐在一个教室里。"夏宁屿说完觉得还不过瘾就又加了一句："这样我就很有安全感。"

"你怎么这样啊！"

"我怎么了？"

"非要我挑明了说呀！"

"那你就说呀。"

"不要脸。"

连顾小卓都说不清为什么要跟其他人一样用恶毒的字眼去挖苦眼前这个人。他与自己，有着藕断丝连的瓜葛，那些过往，虽被时光掩埋，却还是不能遗忘。其实，她也不想成为如此刻薄的人，可是为什么在面对他的时候就不能控制地尖锐起来？而抬起头来正看见走进教室来的阮青木。

对方眉毛一扬。

随即露出淡淡的微笑。

夏宁屿白着一张脸，上面写满了羞愧跟耻辱。他的目光在阮青木跟顾小卓之间来回游移了几回合。"顾小卓，你没必要这样作践自己。"

"这是我的选择，轮不到你来指手画脚。"

刚想反击，却被一只手有力地按住了肩膀："你今天晚上负责做值日哦。"阮青木说这个话的时候有些幸灾乐祸的样子。

"啊？"夏宁屿先是惊讶，然后是不解，"为什么还是我？"——按次序应该轮到阮青木了。

"因为你腿残了啊！"

"这就是你给我的理由？"夏宁屿满脸通红，"你有什么资格拿我的缺陷来侮辱我？"

看到夏宁屿急了，阮青木不急不缓地解释着："谁让咱们班男生少呢，因为要参加足球联赛，全班的男生都要在放学后参加训练，所以，值日这样的活自然就要落在你的头上了。要是你腿不残的话，就会跟我并肩作战而不至于沦落到一个人打扫卫生的悲惨境地了。"

"凭什么要我连着一周都做值日？"夏宁屿还是不服气，眼睛微微泛红，"我要是不干呢？"

"那你跟老师说去吧。"

04>>>

被刻意弄得乱成一片的教室，到处都是男生扔在地上的碎纸屑、易拉罐以及果皮。夏宁屿把拐杖搁在一边，最后一次弯下腰，终于把地面打扫得干干净净了。

而从始至终，操场上的喧闹声都在持续。

鬼才相信那是什么训练，一定是为了吸引女孩子的目光而作秀的平台而已。夏宁屿回到座位上，收拾好书包，拿好拐杖，锁好教室的门，然后慢慢地下楼。

经过操场的时候，看见站在不远处的白笙远。

不理会耳边传来的一阵阵雀跃的欢呼声，夏宁屿垂着头径直朝前走着，一直到头"咚"的一声撞在了某个人的胸膛上。

"喂！瞎眼了啊你！"

"对……对不起。"

"一句'对不起'就结束了？"

夏宁屿抬起眼，看见了站在足球场边上的阮青木跟顾小卓。如他所料，他并没有练球，她也没有放学后回家，他们在一起，并且正在看他的笑话。

心像是被什么东西蜇了一下，猛地疼了起来。

顾小卓抬眼看着不远处的白笙远和夏宁屿。

"你叫我不理他也就算了，现在又叫白笙远欺负他，你做这些不会觉得自己很过分么？"

"我可不这么认为。"

"要是他不像你说的那样，你又该怎么解释呢？"

"那是他伪装得好而已。"阮青木傲慢地仰起下巴，眯着眼看着白笙远轻轻一推，夏宁屿就倒在了地上。"你看他装得多逼真。"

"我只是觉得白笙远现在要多可恶有多可恶！"

"上午的时候，你不跟白笙远一样十分刻薄地挖苦了夏宁屿，成为旁观者后就不能忍受白笙远的所作所为？你不要忘了，现在的白笙远就是另一个你自己。"

"那不一样！"

"有什么不一样？"阮青木笑笑，"如果说真的有什么不一样的话，那就是你伤他更深一些！对此，我觉得你做得很棒。"

顾小卓恐惧地看着眼前的阮青木，正渐渐变成她不熟悉的人，换种说法是，正在露出以往未曾发现的阴暗面。

"你是在利用我？"

"我没有。"

"那你这是在做什么？"顾小卓有点激动，"你以为你在做一件很光荣的事吗？处处跟一个残疾人过不去，你叫他一个人值日，你叫我对他出言不逊，你叫白笙远找个借口揍他一顿，你把他彻底踢出足球队……那你说说，你做这些居心何在？仅仅因为你们在开学的时候打过一架，还是另有原因？"

阮青木一手搭在眉毛上，略略有些为难地说："恐怕这原因说了，你也不会相信。"

"你倒是说说看。"顾小卓怒气冲冲地说。

"你不会还喜欢那小白脸吧？"

"你——"

那天，两个人之间爆发了从确立恋爱关系以来的第一次冲突。最终以顾小卓负气出走而告终。她觉得眼前的阮青木一瞬间扭曲成为她从不曾想见的狰狞模样。

他扬起而未落下的一巴掌。

以及他傲慢自大的眼神。

05>>>

顾小卓路上遇见了白笙远。

他还无比欠揍地跑过来兴冲冲地邀赏："我可是把夏宁屿狠狠地教训了一顿！"

"怎么不向你的主子阮大少爷表功？"小卓挑起眉毛，挑衅着说。

"他有病！"

"你也看出来了？"

"他跟我说那也叫教训，应该拿刀砍了他另外一条腿，让他真残了。"白笙远擦了一把汗，眼睛亮晶晶的，"我靠，没想到他比我还狠。你说，我能这么干吗，我这么干不是等于违法犯罪呢嘛，是吧？"

"他就是个疯子！"顾小卓听到白笙远的叙述后更是愤怒当头，"他还说别的没？"

"没有了。"白笙远试探着问了句，"你们俩莫不是吵架了吧，都臭着一张脸。阮青木平时人很温和的呀。"

"温和个鬼呀。"小卓临走时还嘱咐白笙远，"以后少听阮青木的鬼话，不许老是欺负夏宁屿。"

"嗯。嫂子的话，小弟谨记在心。"

"去死吧，你！"

跟白笙远告别后，小卓在自家楼下的篮球架下看见了一个小男孩，脏着一张脸，再走近些发现浑身上下都是脏兮兮的。篮球一次又一次砸在篮板上，掉在地上咣咣地敲进顾小卓的耳膜。她好奇地走过去，发现那不过是一个十二三岁的男孩。应该是住在附近，记得之前偶尔曾在路上碰见过。

男孩并没有因为有人旁观而停下来。天色渐渐黑下来，顾小卓在消散的天光中叫了声："喂——"

男孩停下来，两眼发光，认真地说："我不认识你。"

"天快黑了，还不回家？"

"我要努力练好篮球，省得到学校他们又嘲笑我。"男孩双手因为汗水跟灰尘而显得肮脏。

"你怎么这么脏？"顾小卓走近些才发现，"好像之前跟人打架了吧？"

沉默了一会儿，男孩终于喃喃地说起来。

"他们说我打球打得很差劲，所以没有人乐意我参加班级的篮球队。今天的比赛，我好不容易被允许参加比赛。可是我却没表现好。"

"怎么回事？"

"本来我们班级可以赢的，可是最后一个必进的球被我扔飞了。所以——"男孩说到这儿的时候，眼角已经挂上了委屈的泪光。

"他们打了你？"

"嗯。"

小卓胸口突然像是被放进了一块冰，凉得快要窒息。

她拍了拍小男孩的头顶以示安抚："输了比赛并不是你的错。"

"可是……"

"你的球打得很棒！"

小男孩露出了好看而明媚的笑容。

"不介意的话，告诉我你的名字。"

"杜嘉琦。"

"那我叫你小琦琦好了。"

"不要把我当成小孩好不好？"

"好好好。"

喏，如果仅仅是一句赞扬就可以换来美好的心情，那么，顾小卓之于夏宁屿，现在她的所作所为真的值得重新审视。

06>>>

如果不是偶然的话，那么顾小卓几乎被眼前的所见震慑住了。她觉得有某种东西在有力地捶打着她脆弱的心脏。

连续一个礼拜看见夏宁屿在人潮散去的足球场上练习射门。

即使是某个下着小雨的傍晚，他把自己摔倒在地上，弄得浑身脏兮兮的也不在乎。那个忧伤而孤单的剪影，让顾小卓再也无法忍受阮青木对待夏宁屿的变态式的冰冷。

"就算我曾经对你说过，我很讨厌夏宁屿，也无法构成你现在对他持续伤害的理由吧。要是你不能给我一个合理解释，抱歉，恕我实在无法理解你的言行。"

阮青木不屑地扬起嘴角："难道你还看不出来么，他现在搞这个是苦肉计，很会赚人眼泪。"

"你确定你的心不是石头做的？"顾小卓针锋相对，"我所认识的阮青木是个仗义、理智并且聪明的人，而非像你这样刻薄、自私并自以为是。现在的你，看起来就像是一个魔鬼。"

就是那天，顾小卓决定跟夏宁屿说话。

她在众目睽睽（当然包括阮青木在内）之下走向了夏宁屿。

在夏宁屿艰难地踢进一个球的时候，听到了身后孤单的掌声。他顺势转身，然后看见了站在边上的顾小卓。

"呃？"

"你不比原来踢得差。"

"谢谢。"

"如果你没有出那样的意外的话，你一定踢得比阮青木好。"

夏宁屿受宠若惊地看着顾小卓，随即意识到什么似的问了句："怎么了？"

"什么怎么了？"

"你为什么突然这样跟我讲话。"他不安地抓了抓头发，"你们俩是不是吵架了？"

"……我为之前对你说的那些不敬的话道歉。"顾小卓换了话题，"你的腿将来会好么？"

"医生说恢复好的话可以不用拐杖。"夏宁屿咧嘴笑着，"前提是我不要放弃锻炼，所以我就跑到这里来练足球了。"

"我很希望你能好起来。"

"我希望……我们能像是从前一样。"

"从前一样？"

"像从前一样，是朋友。"夏宁屿的两只耳朵都红了起来，"甚至是好朋友。现在我做的所有努力，只是为了自己能成为跟你一样优秀的人，有资格跟你站在一起，成为你的朋友。这样的我，你会接纳么？"

顾小卓深深埋下了头，无数过往汹涌在头脑里。

可是阮青木再一次把所有事都搞砸了。

阮青木领着他的足球队员呼啦啦地走过来，将顾小卓跟夏宁屿围在了中间。他彬彬有礼地说着："你这么努力，我们都很感动。可谓是身残志坚。所以我们几个向老师建议，给你一次参加比赛的机会。"

"你搞什么鬼？"顾小卓插嘴。

"我做这些可都是为了他啊。"阮青木得意扬扬地说着，"场上最适合你的位置大约只有守门员了。从今天开始，你就跟我们训练吧。要是我们在这种情况下还能取得联赛第一的话，我们不仅赢得了胜利，还赢得了感动。难道这样不是很好么？"

顾小卓将目光移向夏宁屿。心里的话是："你莫要应了他们，肯定没什么好念头，他们是想找机会整你。"可是话还没说出口，就见夏宁屿重重地点了点头。

"答应了可就不许反悔了啊。"

那一刻，顾小卓竟有了一种万念俱灰的感觉。

情况比顾小卓之前料想的还要卑鄙。

第二天训练下来，只见夏宁屿满脸是血。

"啊！"顾小卓一只手捂住了嘴巴，"你怎么了？"

"没什么。"夏宁屿摆了摆手。

阮青木在一旁解释着："我们今天是射门练习，只是有几个队员不小心把球踢在了他的脸上而已。"

"这其中也包括你，对么？"

阮青木愣了下，轻描淡写地说："我只是一不小心地踢到他两次而已。"

"一不小心？还两次？"顾小卓的眉毛立起来，"我看你是别有用心地踢了两脚吧？"

她再一转身看见夏宁屿高高地举起右手无辜地看着自己，无助地说："血怎么还止不住呀，都说抬起右臂就可以的啊。"

"我带你去医务室吧。"

临走之前，阮青木拉了一把顾小卓："放学后等我，有事跟你说。"

07>>>

放学后，顾小卓一个人负气"出走"。

中途手机虽然响了很多次，但是她故意狠狠地按掉。

那些阮青木挂过来的电话，傲慢地要讲一些自以为是的道理来给她听，比如说夏宁屿的残疾是装出来的，他接近你是居心叵测之类的连篇鬼话。她再也不想听下去了。

甚至有了立即把他这个人从自己的世界里踢出去的想法。

铃声不绝于耳。

若是关机则显出自己的懦弱。

于是想也不想按下了接听键："我跟你说，你再没完没了的话，我就杀了你！"

"……你……你要杀了我？"

听到电话里那个微微颤抖的声音，顾小卓觉得自己裂成碎片。

"爸爸？"

"你朝谁大喊大叫？"

"没……没什么。"顾小卓的脸飞快地红起来，"什么事呀？"

"记得你早上没带钥匙，我怕你回家后进不去，所以挂个电话告诉你。我现在跟楼下的公园门口擦皮鞋咧。"

"你怎么还有钱擦皮鞋啊？"他这样精于算计的人，居然去消费有钱人的享受，顾小卓不由会心一笑，"爸爸抽彩票中奖了？"

"是朋友在做这一行了。"好像因为他身边有人不好意思大声说话。

"爸爸还认识这样的朋友？以前怎么没听你说起过？"

"新认识的嘛。"爸爸转换了话题，"尽说些没用的话，浪费话费，你来后直接找我，我们买了菜一起回家。"

"好的。"

大约一刻钟之后，顾小卓见到了爸爸。

爸爸坐在凳子上，一个裹着头巾的女人正在给爸爸擦皮鞋。同时两个人还有说有笑地说着话。如果说在那一瞬，有什么重物从高处结结实实地砸下来，砸到了顾小卓的头上，头破血流，那就是那个女人的再熟稔不过的脸。

顾小卓死都记得那张脸。

眉眼里还有几分跟她的儿子阮青木酷似的地方。

爸爸扭过头来看见了顾小卓，高兴地招呼着："快点过来呀。"

小卓站在原地未动。

"这是崔阿姨。"

顾小卓在那一刻意识到，有很多事情自己并不知晓。比如在阮青木心安理得地住在高级公寓里，穿着高档的运动服，用着最新款的音乐手机、MP3甚至经常出手阔绰地请同学去学校外的星巴克喝东西的同时，他的妈妈是靠在街边给人擦皮鞋以赚取他在学校读书的学费。

顾小卓觉得有些难过。

而之前积蓄在她头脑里的，对眼前这个女人的坏印象，在这一瞬间全部坍塌，在废墟中她重新看见了她。

那是一个女人作为母亲的样子。

阮妈妈似乎并不记得曾经跟顾小卓打过交道的事。

08>>>

"这是什么？"阮妈妈气得浑身颤抖，他从阮青木的抽屉里翻出来香烟、A片碟片以及两只避孕套。

阮青木先是一愣。

随即就像一只被引爆的炸弹，他疯狂地朝母亲吼着："你有什么资格乱动我的东西？"

"青木，我觉得我必须坐下来跟你谈一谈。"阮妈妈努力使自己平静下来，"你这样发展下去，最终会变成什么样，我真不敢相信。"

"我会变成什么样？"阮青木骄傲地抬起了下巴，"去杀人纵火或者成为一个人人鄙视的强奸犯，你是这样想的，对不对？"

"青木，我跟你说过多少次有些东西你碰不得。"阮妈妈失望地流下了眼泪，"我真不敢相信你会这样。"

"至少我不会谋杀自己的亲人。"

"我真没想到，妈妈在你眼里竟是这样的不堪跟可恶。"

"一切后果皆是你一手造成的，现在又来哭诉？"

"你觉得是我害死了你爸？"阮妈妈的泪水终于控制不住地夺眶而出了，"那你现在就打110把我抓起来呀。"

相比阮妈妈的激动不安，阮青木非常冷静，并且带着冰冷的粗暴。他讽刺地说："我不会去报案的，我还要你赚钱供我读大学。"

　　那一刻，就像有一把带刺的刀子，旋转着插进阮妈妈的胸膛，再一点点拉出来。

　　将血肉全都搅烂了，亮出来。

　　血淋淋。

第八回

　　这个夏天，那些就像是
海洋里的章鱼一样叫人头晕
目眩的张牙舞爪的流言，如
同漫过平原的海水一样，汹
涌而来。冲毁了堤坝，漫向
了田野，卷走了地面上所有
突出的部分，将世界打磨成
光滑平整的一块。

阮青木把两只避孕套扔给白笙远，一脸愤怒："是你偷偷放在我书包里的不？"

白笙远眉飞色舞地凑过来，点头如捣蒜："除了你兄弟我，还有谁待你这么好？"

说这话的时候，两个人皆是一身统一学生制服，白色衬衫，黑色长裤。白笙远臭屁地将领口的纽扣解开，黑色小领带松垮地套在脖子上；而阮青木将袖口卷到小臂处，手腕上带着一串黑濯石。

"哦？"白笙远弯下腰来，"你手上戴的那玩意从哪整来的？"

"我在很严肃地跟你说，那玩意是不是你放在我书包里的？我要你明确回答！"

"是呀！"直起身体，骄傲之情溢满全脸，"这型号还算适合你吧？"

"你害死我了！"阮青木翻了一个白眼，"我妈从我抽屉里翻出来，认定我——"

"认定你已经了结了处男之身？"白笙远一只手拎起衣领，来回扯着扇风。幸灾乐祸。

日光如同海啸。

两个男生这么站在大太阳下，额头上纷纷冒出汗来。夏天在不知不觉中就已经到来了，而迫在眉睫的考试让每个学生都略略有些愁眉苦脸。

而白笙远似乎是个例外。

"下次你要再敢把这些乱七八糟的东西胡乱塞进我的书包，我跟你没完。"

"我还不是为了你好呀。"白笙远凑过来，长长的胳膊搭在同伴的肩膀上，"跟你说，哥们儿我已经壮烈地告别了处男时代了！"

"嗯？"阮青木甩掉了对方搭过来的胳膊，正想走开，听到白笙远的话，不得不停在原地，慢慢地转过身，眼睛瞪得又圆又大："你……你刚才说什么？"

白笙远露出了得意的笑容："哥们儿我不是处男了！"

"鬼话吧？"

"我骗你做什么？"白笙远恬不知耻地补充了一句，"就像你在电影里看到的那样！"

阮青木觉得脚下的大地抖了一抖。

他用面部神经坏死般的僵硬笑脸回应着对方："喏，恭喜你。"

"而且，哥们儿这次考试用不着抄你的了？"

"打算从良了？"

"到时候你就知道了！"

没等向白笙远问个究竟，他就看见了从远处走过来的顾小卓，以及夏宁屿。自从阮青木将夏宁屿调进足球队训练之后，他们两个人竟然莫名其妙地开始了交谈。而且在阮青木与顾小卓在一起的时候话题也总是围绕着那个让人头疼的夏宁屿。

比如说：

——"你能不能让夏宁屿退出足球队啊？"

——"为什么要我去说？"

——"当初要不是你他怎么会进足球队？"

——"他跟别人可不是这么说的。"

——"难道他会说因为我才进足球队的？"

——"正是！"

对话到了这儿，顾小卓在男生的脸上看到了嫉妒，于是忍不住想笑。但还是摆出正襟危坐的表情，继续问道："他怎么说？"

"他说就算是他瘸了，还是能让人在足球场上看到他的影子。他并非一无是处。而他所有的这些努力都是为了证明给一个人看，那个人就是你。"复述完毕，阮青木不忘嘲讽，"他说得还真是矫情。"

——明明很讨厌，为什么在那一刻，却觉得从心底看不见的漆黑深潭里，浮上来一片光？

温暖却又冰凉的小小光芒。

但她的嘴巴是硬的："他踢得好坏死活干我屁事？"

"你真这么想？"

"说实话——"顾小卓不知道说完之后，对方会不会勃然大怒，但她还是坚持说完了她的看法，"我知道你对夏宁屿看不顺眼，其实很多时候我也很讨厌他，甚至曾想过他为什么不立即从地球上消失，可是他毕竟是个残疾人，而且又是我们同学，姑且不谈帮助，但也不该欺负他，你现在把他拉到足球场上为了啥，还不就是为了每次射门的时候都把球踢在他的脸上，踢得他一脸是血，叫他在全校人面前出丑……"看着阮青木越来越青的脸，她硬着头皮说了下去，"这样其实也丢你的脸，所以请你让他离开足球场吧。"

"那也得他自愿才行。"阮青木皱着眉说。

"那你就不许欺负他！"

"行！我以后隔一天踢他个鼻口蹿血。"

如果追溯一下的话，似乎是从这次对话之后，顾小卓与夏宁屿之前冰冻的关系开始暖化，偶尔碰到一起，会说上一两句话。但与此同时，顾小卓与阮青木之前如同小夫妻一般举案齐眉的和谐关系慢慢出现了裂纹。

阮青木生气地说："你叫我等你五分钟，没错吧？可是……"

"也不过迟到了十五分钟而已。"顾小卓很是不以为然，"这点耐心都没有？"

"但我想知道从教室到学校门口你是怎么用了二十分钟的。"

"我上个厕所洗个手，出来的时候碰见夏宁屿打扫卫生，就帮他倒了下垃圾，然后就跟他一起下来了。"

当着白笙远跟夏宁屿的面，阮青木的脑袋抽筋了。

他几乎是暴怒。

"顾小卓，你把我当猴耍，是不？"扯住对方衣领，两眼像是要喷出火来，"如果你在乎我点儿，就不会给我发条短信？"

"阮青木，你松开我！"

"你以后要是再跟我来这一套的话……"

"阮青木，你想干什么？"

"顾小卓！你他妈的……"

似乎有一道白光闪过。

阮青木的头被什么东西狠狠地击中。睁开眼睛，有血缓缓地从额上淌下来。站在他对面的是怒容满面的夏宁屿。

"如果你再敢冲她动手动脚，我就跟你拼命！"

在一边的白笙远一见阮青木挂彩了，立即一跳多高，龇牙咧嘴地挥舞着拳头朝夏宁屿扑过去。毕竟是一条腿行动不便，只一下就将对方扑倒在地，腾起的不仅是地上的灰尘，还有立在一旁女生的高声尖叫。

"求求你们别打了。"

而比顾小卓的央求更是立竿见影的是阮青木的暴喝："白笙远，你给我起来！"

"白笙远，你给我放开他！"看着白笙远望过来的疑惑目光，"你要是不松开他，我就跟你绝交。"

"老大——"

"放开他！"

于是白笙远慢慢松开夏宁屿，但站起来时还是忍不住踢了一脚。

"我们走！"阮青木下着命令。

而僵在原地的顾小卓汪了一眼底的泪在这一刻滂沱而出。

02>>>

他俩连续一周时间没有跟对方说话。

这种对峙的局面一直持续着。

顾小卓并非没有尝试过扭转这种局面。其实她心里无比清楚，这种状态维持越久，对大家越是糟糕。在顾小卓的眼里，阮青木这样一个人，骨子里有记恨人的特性，自己越是站在他的对立面，他越是要跟夏宁屿过不去。所以，最后会走到哪一步，实在不是顾小卓所能预料的。

对于男生这种世界上奇怪的雄性动物，顾小卓一头雾水。

所以——

暂时不再去提让夏宁屿退出足球比赛的事，只是非常安静地在他踢球的时候守候在场边，然后在中场休息的时候跑过去送水，而出乎意料的是，阮青木连瞧都不瞧就从她身边走了过去，顾小卓转过头，于是看见了站在自己身后的瞿晓。阮青木接过了她手里的水，拧掉瓶盖，仰起头咕嘟咕嘟地喝着。

咕嘟、咕嘟——

孤独。

可这并不能击倒顾小卓，她面不改色地斜穿场地，走到在球门前疲倦得无法走路的夏宁屿前面，他坐在地上斜倚着门柱，满面灰尘，嘴角挂着一丝血。

"喏，给你喝口水。"

男生脸上闪耀过的表情，绝对可以用"喜出望外"来形容。他战战兢兢地从地上站起来，趔趄着勉强站立，咧着嘴巴笑，不停地说着笑话，风吹乱了他的头发，使他看上去那么需要同情帮助。

这些并非顾小卓的本意，她的本意是让对面的阮青木意识到他并非那么好对付，从这个意义上说，可怜的夏宁屿只是一个悲哀的活道具而已。而就在顾小卓转头朝阮青木望去时，失望地发现他们几个人在一起嘻嘻哈哈地踮着球，根本就没往这边瞧。于是，在夏宁屿邀请自己也喝一口的时候，她气急败坏地拒绝了。

"搞什么搞嘛。"顾小卓迈出脚步，"你已经喝过了啊。"

男生露出无辜失望的表情："原来你是嫌弃我脏呀。"

下午第一节课之前的十分钟，教室里的场面无疑可以用"热闹的复制"这一短语来概括。足球比赛的所有男生们无一例外地没有完成化学作业，一路AABBCCDD地抄下去。只有一个人若无其事地趴在桌上睡大觉。

"唉。"顾小卓再一次厚着脸皮坐过去，拿胳膊肘捅了捅阮青木，"醒醒啦。"甚至玩起了揪住男生一缕翘起来的头发这样撒娇卖乖的动作。但结果却是一张热脸对着冷屁股，他沉着脸从桌上爬起来，龇牙咧嘴地说着："你有毛病啊，你！"

"我给你送答案抄。"她把答案递过去。

"谁说要抄你的了！"

言下之意无非是即使被老师罚站，也不要抄你的作业。"难道我就有那么让人讨厌吗，比老师的恶言恶语还要叫人生恶？"她忍不住掩面而去。

事实果然按照某些轨迹发展了下去，阮青木被化学老师罚站了整整一节课。而这份惩罚就像是一根锋利的鞭子，狠狠地抽在了顾小卓的身上。

傍晚放学时，顾小卓一把扯住了阮青木的车把，咄咄逼人地说："放学我们一起回家吧。"男生露出了很无奈、很滑稽的笑："你脑子有毛病呀。"男生抓住女生的手，很生硬很疼，将那双手抛了出去，"我跟你既不是一个家，又不顺路。"白笙远显然是一个帮凶，他立在一边看笑话，不时地督促着："我们快点走吧，再晚了，我爸回家，就看不成了。"

于是两个人跨上单车，飞快地驶离了顾小卓的视线。

女生委屈地慢慢地蹲在地上，额头抵住蜷起来的膝盖。一瞬间，仿佛天都塌陷了，而且全世界一片漆黑，一直到一个声音在身边说着："喂，不要哭了，天都黑了呀。"

抬起头，朦胧的水光中，看见的是整洁干净的夏宁屿，他拄着的拐就深深地扎在自己脚边的地上。

也许，他已经站在这里挺长时间了。

03>>>

人际关系这回事，有时很奥妙。

很难说清到底是什么力量，将几个人牵扯在一起，然后用一根看不见触不到的线捆扎在一起，挣也挣不脱。那年盛夏临近的光景，阮青木开始以玩世不恭的姿态来抵抗朝他排山倒海而来的不得喘息的生活。具体表现为他开始与白笙远这样典型的狐朋狗友一天到晚黏糊在一起。

顾小卓所遭受到的冷遇可以想见。

她从没有觉得生命中哪年的夏天比这一年的要凉。

妈妈整理房间的时候，再次搜出了几张黄色碟片，于是脸沉下来。

拿着它去质问阮青木。

无一例外的，是又一次争吵。双方面红耳赤，互不让步。

"你整天憋在房间里就在学习这些玩意吗？"阮青木看着妈妈的胸口剧烈起伏，说话都有些打战，"你太让我寒心了。"

"我说过多少次啦，叫你不要乱进我的房间，乱翻我的东西，你——"

"你还要不要脸？要脸的话，你就给我说说这些玩意儿都是从哪鼓捣来的？"

这时，非常不巧地在楼下响起了白笙远的声音，操着愉悦的爆破音大声喊着："阮青木，我又搞来了新的，下来取一下唉。"

显然，阮妈妈也意识到什么，立刻跑上阳台。

而在这个空当，快手快脚的阮青木已经扑通扑通跑下楼道了。独留下阮妈妈叉着腰在楼上大喊大叫。

白笙远擦了一把额上的汗，然后看见了让人大跌眼镜的一幕。

平日里一贯以整洁形象而著名的帅哥阮青木脚登一双拖鞋，身着挎栏背心站在自己面前。他扶了扶眼镜，感觉额头上又冒出了汗，将手里的碟片递过去。

"区区这几张碟片，没必要这么激动吧？"

"不是……"阮青木将碟片推回去，"我们快走。"

"咋的了？"

阮青木顺手一指，白笙远才注意到刚才一直在耳边聒噪声的来源，楼上一女的，指手画脚地在那儿骂人。"小兔崽子"，"敲断你的狗腿"，"王八羔子"之类的脏话不绝于耳。于是，白笙远顺嘴冒出了一句欠扁的话。

"那泼妇谁呀？"

说完之后，白笙远觉得气氛有点不搭，正常情况下，阮青木应该接着说"那一精神病吧，她跟那骂谁呢"，而事实恰恰相反，阮青木沉着脸一句话不说。半晌，他才狠狠地捶了白笙远一拳头说："靠，那是我妈。"这下，轮到白笙远白起一张脸。

白笙远弓下身蹬起了车子。

"去哪？"

驶出了阮妈妈的视线后，也再听不到她的叫骂声，道路两旁皆是高大笔直的白杨，阴影倒映在路面上，凉爽怡人。但是聒噪并没有停止，蝉叫声一浪盖过一浪。阮青木闷坐在白笙远的单车后座上，心里想着，呃，居然已经到了盛夏了啊。

"喂，你不说话我还以为我载着一具尸体呢。"

"去你家吧。"

"去我家？"

"嗯。"

看他露出不情愿的情绪，阮青木第一次觉得自己成为白笙远的麻烦。他似乎只想把自己带离危险地域之后，再也不情愿载自己半步了。可是想到自己这副邋遢样，又没有去处，只好发挥他死乞白赖的本领。

"就去你家看看碟了。"

"跟你一起看？"白笙远声音里充满了疑问。

"那有什么？"

"我看还是算了吧。"白笙远忍不住又问了句，"你确定你要到我家里去？"

"是呀。"

推开家门，迎面扑来了一个巨大的人影，直接砸在了阮青木的身上，双手搂住了他的脖子，然后他就再也不想看身后的白笙远手里拿着的那些碟了。

只听见一个酸酸的声音在身后幽幽响起："翟晓，你抱错人了。"

那一瞬，时空仿佛被凝固了。三个人各怀心事，而许多不言而喻的秘密也不攻自破。阮青木终于明白了白笙远为什么如此反常地不情愿自己的不请自来。事情既已至此，于是会心一笑，扯着嗓子喊："喂，热死我了，我要去你家冰箱里找冰西瓜吃咧。"

□4>>>

足球比赛如期而至。

临近期末考试反倒吸引了更多人的注意。可是闪耀全场的既不是阮青木，更不可能是白笙远，而是从一开始就不被人看好甚至被对方球员嘲笑个不停的夏宁屿。

日光之下，顾小卓紧张地攥紧了拳头。

之前那些嘲笑的话，诸如"你们真是没男人了呀，找一个残废来做守门员"之类充满了侮辱性的挑衅的话，慢慢地消散在空气中。

而每一次刁钻的射门被凝着一张脸的夏宁屿阻挡回来的时候，就仿佛一个巨大而响亮的耳光扇在了那些说着风凉话的人的脸上。也包括那些表情，嘲讽的、扁起嘴角的、眼光里流露出不信任的神情的，包括顾小卓在内的众多立在观众席中的抱起双臂等着看笑话的看客们，夏宁屿让他们失望了。

他就像是破空而来的黑色骑士，在对方一次次势如破竹的进攻中岿然不动。

而零比零的比分也一直被维持到了最后的五分钟。就在所有人都以为比赛将被拖入加时赛，并将以点球一分高低的时候，意外出现了。

白笙远在自家禁区内成功断球，传给在其一旁跑动的阮青木，对方球员跟踩上了风火轮一样迅速贴上来，完美抢断，大脚回传门将。只见皮球在空中划出了一道近乎完美的弧线，直挂球门左上角，所有人都在那一瞬间发出了低低的一声"啊"，因为实在是太惊险了，但大家还是觉得夏宁屿有足够的智慧能够扑住那个球。

可是，最不幸的一幕发生了。

　　夏宁屿一头撞在了门柱上，就在他头破血流地倒在球门前的时候，那个球也出乎所有人的意料，进了。

　　情况的急转直下，叫很多人愤怒不堪。

　　而让人瞠目结舌的事情并没有就此终结，这仅仅是个开始——

　　无法控制情绪的阮青木咆哮着朝夏宁屿冲了过去。从顾小卓的角度看过去，他跺着脚，应该在说些指责之类的话，倒在地上的夏宁屿，身体蠕动了一下，像是顶了句什么，之后让人吃惊的一幕发生了：阮青木抬起脚朝着夏宁屿的脸狠狠地踢了下去。

　　于是，整个操场乱套了。

　　女生们的尖叫声随着阮青木一次次的出击而持续地走高，男生们则纷纷围拢过来。虽然对于这种事，大多数时候围观者一般只是袖手旁观，不至于插手，而这场争执的某些看客则不然，特别是球队的一些队员，并非认同错误全在夏宁屿身上。

　　"最后那一脚也实在臭得很，难怪搞出了这么个乌龙球。"

　　"若是他守得住，咱们就不会输了。"

　　"你不觉得现在不是讨论这个问题的时候吗？"

　　"那该是什么时候？"

　　对话中的一位指着前方突然乱起来的人群。

　　"——群架。"

05>>>

　　显然，顾小卓并不清楚他们俩在比赛一结束时到底说了些什么。即便是想像也不过是"你怎么那么烂，搞了个乌龙啊"，而对方顶一句"是你踢得不好"之类的，如果是类似的对话，以顾小卓对阮青木的判断，他大概不会那么冲动吧。很多事，很多人，在那一瞬——突然簇拥在一起的人群，以及沸反盈天的喊叫声中——像是血栓堵在了血管中间，于是，整个循环系统全部混乱甚至崩溃。

其实再容易理解不过。

就像是篮球比赛，投进最后一个决定输赢的压哨球的队员会得到格外的欣赏与评价，就连解说员也会用这样的语气骄傲地说着"是阿联帮助广东队取得了胜利"或者"王仕鹏的压哨三分彻底绝杀了对手"之类的话。所以，那个在比赛最后踢丢了球的家伙，自然要承载众人的不满与怨言。

即便之前已经拼尽了全力，流了许多汗水不说，连额头也撞破了皮，可是，这不能说明或者解决任何问题，所以——

夏宁屿的身体蜷缩成一团，两只手做出防御的姿势护住头部，看起来，可怜得就像是小羔羊。阮青木踢向夏宁屿那一脚，踢破的绝不仅仅是夏宁屿的脸，还有众多人包括一些暗恋小女生对他的好感。

就像是天使在一瞬间变成魔鬼。

何况阮青木并非道德楷模，就算是他成绩优秀、相貌出众、为人温良，也会在这个世界的某个阴暗角落里，存在着另外一个阮青木，被冠以"清高"、"虚伪"、"可恶"、"刻薄"这样的负面定语所修饰着。平行并存的世界，在这一瞬间，黑暗向光亮覆盖过来，那些拥有这样世界的人们撸起了袖子朝向了阮青木。所以——

他并不比夏宁屿好上多少，照例鼻青脸肿地倒在地上，翻了个身，身下的石头硌得骨头咔咔作响，疼痛难忍。天空又高又远，深不见底，他抬起手，擦了下黏稠的面部，看到的，全是红色。深深地吸了口气，竟坦然地闭上了眼。

被更多的人所鄙视跟厌恶到底是什么滋味呢？

这个夏天，那些就像是海洋里的章鱼一样叫人头晕目眩的张牙舞爪的流言，如同漫过平原的海水一样，汹涌而来。冲毁了堤坝，漫向了田野，卷走了地面上所有突出的部分，将世界打磨成光滑平整的一片。

06>>>

盛夏在老师的训斥声中徐徐拉开了帷幕。

一字排开的队伍足够组成四支足球队。而这些全都是老师要批评的对象，其中最让人痛心疾首的非阮青木莫属。

"不想好了，是吧？"

"……"

"你闷不做声找死啊？"老师意识到话说得过分，才带着点歉意改口道："我跟你说啊，阮青木，你知道你这一仗有多严重么？"

"不知道。"

"那我来告诉你，你的保送名额没有了！"声音之大叫说话者本人都有些吃惊，于是看着瞠目结舌的阮青木，觉得有些不自在，于是摆摆手说："行了，你出去吧。"

如果事情到此结束的话，那么—— 一整个夏天不会因此而淡然无光，并且朝向了一条陌生迥异的道路奔驰而去，在醒悟的同时却发现，身边已经变换了世界，同样的人却支起了与往日不同的表情、温度、光线、声音全部区别于以往。

连悲伤都来不及，所有事一波接着一波地奔袭而至。

把自行车从犬牙交错的车棚里拽出来的时候，阮青木发现车胎瘪掉了。支好单车，蹲下身去检查，发现前后车胎全被刀子恶狠狠地划开了，甚至露出了里面土红的内胎，用力之猛，显然不是小女生所为。

"车胎瘪了呀？"

"嗯？"抬眼所见的是三个陌生女生，在自己面前一字排开，一脸甜蜜的笑容。这样的女生，常常遇见，在三句话之后会介绍自己的姓名、班级、血型、星座，更甚至直接递过写好的情书或者直截了当地索要自己的手机号。所以，冷冷地应了声："是呀。"

"知道为什么吗？"

"为什么？"

"活该！"

她们说完立即拉扯着转身跑走。只留给阮青木两三个跳跃的背景。而阮青木保持半蹲的姿势，凝滞在那里一动未动。

内心里却早已万马奔腾。

就像是一座殿堂，在一眨眼间，轰隆隆地塌陷。

灰尘腾起来，眯起眼睛，看见了苍茫的前方，漆漆无光的黑暗空间里，站着一个悲伤的、无助的、孤零零的阮青木，正无辜地望向远方。

而这也仅仅是个开场。

中途被几个男生拦截，起先仅仅是口角，对方满口是"看你就不顺眼，以强欺弱，算什么狗东西"，阮青木还以"狗拿耗子多管闲事"，这样三五个回合下来，双方就开始拳脚相加，最终吃亏的肯定是阮青木无疑。对方是有备而来，更何况人多势众。

最初的确是感到委屈。

难道你们不是以多欺少么？你们这样对付我就算是正义了吗？并且我们之间的纠葛凭什么需要你们这些我都不认识的人来干涉？但渐渐地，在阮青木踏进自己单元的门洞时突然想起对方有个家伙说的那句话——

"踢我们家小夏一脚，你知道要付出的代价有多大么？"

他说的是"小夏"而非"夏宁屿"。

那么，是不是说，这一切都是夏宁屿的策划，如果这个猜想成立的话——阮青木微微地闭上了眼，一股寒意漫过脊背。

夏宁屿插好钥匙，转动了几下，门并没有打开。

他立刻意识到门被反锁。

于是扬起手，在空中停顿了一秒，最终还是啪啪啪地拍向了门板。

07>>>

门后的那张脸到底会是什么表情？

看到自己浑身是血、狼狈不堪的样子。这是一贯以整洁干净而著称的夏宁屿从未有过的悲惨形象。妈妈脸上的表情应该是怜惜担心的吧。

可是，过了很长时间才打开门，而那之后的表情无论是什么也无关紧要了，因为，那是一张男人的脸。

再也没有心思去看妈妈的脸色了。

宁屿冷冷地问起："你怎么在我们家？"显然是不欢迎的质问言辞。

"我来帮你们家修下水管。"

"多少钱？"

"什么？"男人干巴巴地赔着笑。

"我问你，我妈花多少钱雇你来的？"

"不要钱的，我就是来帮一下忙。"

"你说谎吧？"

"我真的是来修水管的！"

"那为什么要把门反锁上？"

"那你的意思是——"

"跟你们把门锁上的含义一样很明显。"男生脸上的嘲讽到达了无以复加的巅峰，终于从男人的肩膀后看到了妈妈难看的一张脸。扎着围裙从厨房里走出来。

"青木，你怎么能这样跟叔叔说话？"

她说的是"你怎么能这样跟叔叔说话"，而非"青木，你怎么这样？出什么事了"？那一刻，整个世界都安静下来，光线消失，遥远的空间里不断传来悲伤的回响。

既然这个世界对自己并非温和，那么——

08>>>

到家时，发现门紧锁着。

顾小卓掏出钥匙一边开门一边默念着爸爸会去哪里。对门突然探出不是特别熟悉的邻居，嬉笑着说："你爸爸跟着一个女人走了哦。"而流露出来的表情显然是复杂得深不可测。

顾小卓于是回应着："哦，谢谢呀。"

没想到，对方却得寸进尺地跟进了一句："那女的是你继母吧？"

顾小卓终于忍不住了："对于别人的隐私，你就有那么大的窥视欲么？"

"窥视欲"这三个字，对于那位看起来五十开外的大妈来说，是个足够鲜亮陌生的词汇，她转动眼珠，露出一副思考的冥想神情。而在这个空当，顾小卓已经"啪"的一声关上了门。

给爸爸打手机，通了，却没有接起来。

与此同时，在这个城市的另外一个房间里，阮青木正奋力把一只书包砸向被称呼为"顾叔叔"的人，从书包里稀里哗啦地掉落出来文具、书本，纷纷扬扬地落在了地上。而后在男人脸上也留下了一道血痕。

青木抬起手指着对手："叫你一声'顾叔叔'，是看在顾小卓的面子上，从今以后，这个家门不允许你踏进半步，我不允许你来侮辱我爸爸，就算是他死了，你也没有资格来给他戴绿帽子！如果你敢挑衅我爸爸的尊严的话，那么，我将用我的生命跟你做一场赌注！"这一番话说毕，男生转身扑通扑通地跑下了楼。

一盏黄色灯泡下面。

呆呆地站着两个人。

女人抬起手背，擦去眼角的两行热泪。

男人走过去，一手放在女人的背上。女人因此而重重地抖动了一些。随即喃喃地说：“我想起阮钟贵来了。他这是死都不肯放过我呀。”

“你想多了。”

“你走吧。”

女人一把擦干了泪，于是打开了门，扭头看向男人，提高了音量说：“你走啊！还赖在这儿做什么？”

09>>>

所有文艺小说里说的那些都是放屁的话。

有关“流浪”、“离家出走”之类的恶俗桥段，别说身无分文，就算是像阮青木现在这样，也好不到哪去。身上揣着足够三天的饭钱却仍然饥肠辘辘，实在是因为一身是血、形迹可疑而被所有的便利店小吃部拒之门外。

进了一个网吧，最终还以“会弄脏了我们的设备”的理由被“请”了出来。

好在手机还有电。

在十一点半的时候，又困又累又饿，只好拨通了白笙远的电话。

“你出来一下呗。”

“这么晚了干啥呀？”

“我被逐出家门了。”阮青木尽量克制着自己的悲伤，表现出一副潇洒不羁的气质来，“哥们儿我去你那对付一晚上，你看方便吧？”

“这……”

“或者你陪我出来疯一晚上吧。我来埋单就是。”

白笙远的声音立刻提起来：“这个主意不错。”

约在了一家比较有名气的“蓝色月光”酒吧。

白笙远比阮青木还早到。

一见到白笙远，阮青木的胸口立刻涌出了一阵热乎乎的感激之情，忍不住想要给对方一个大大的拥抱。要不是交了这么个兄弟，且不论是狐朋狗友还是亲兄热弟，总归在自己走投无路的时候能出来陪自己打发漫漫长夜。

"你咋成这样？"吃惊的白笙远嘴巴足够塞进去一只鸡蛋。

"路上跟几个人打架了。"

"打架？"就跟听到外星人要来拜访自己一样，"阮青木同学打架？跟谁呀？"

"几个为了夏宁屿出头的人。"

"靠！欺负人不是，你等着，明天替你去出头！"

"其实，报仇什么也是无所谓的，何况，我还不认识人家呢。" 青木抬起手拍了拍对方的肩膀，"我们进去吧，一醉方休。"

"等下哈。"白笙远的脸上立即撤换成一副神气的神情。

"还有谁？"

"到了你就知道了。"

话音刚落，一辆出租车就突然而至。从车上走出来的，却是一个浓妆艳抹的熟人。

"翟晓，怎么是你？"

对方也同样惊讶："青木，你打架了？"

10>>>

阮青木觉得无比的别扭。尽管之前隐约知道他们俩在谈恋爱，但——

在白笙远试探跟翟晓亲近的过程中，他一次次起身去洗手间，在巨大的镜子里看到了憔悴可笑的自己，脸上还挂着伤痕。

再回去的时候，发现两个人在争吵。

其实，同样别扭的还有翟晓。

她厌恶地打开白笙远的手："你不要动手动脚好不好？"

"你装什么清纯呀？"白笙远又一次靠过去，脸却转向了阮青木，像是炫耀似的，"我们都睡过的啊，摸摸还不让呀。"

白笙远仿佛没有注意到阮青木一脸的难看，还是自顾自地滔滔不绝："喂，你跟顾小卓把事办了没？"

"能不能不恶心了呀，你？"翟晓扯住白笙远的胳膊。

"什么恶心啊？"白笙远笑着说，"要真是恶心的话，你做得还那么来劲儿！"

阮青木牵扯僵硬的嘴角笑笑。

——有没有这样的时候？前一瞬间面对着的还是一副天使的面孔，却在下一秒，看见天使慢慢扭曲化成了魔鬼。就是这样的感觉，从日光倾城到天地无光，不管你是否来得及适应这巨大而强烈的变化，世界就像是电视画面被切换了一个频道，迅速转换了模样。你终于发现，你对这个世界的一些判断出现了重大的错误，而之前用尽了全部力量来维持的感情、朋友、纯洁、秩序全部都是狗屁。

全部都是狗屁！

所有人都在朝前迈着大步。

只有自己还在原地悲伤打转。

第九回

　　然后整个世界一片静
默。
　　所有的动作都被分解成
缓慢的片段,支离破碎地抛
向空中,如同尖锐的阳光,
纷纷扬扬地朝阮青木刺来,
抬起手腕挡在眼前,一片难
得的安宁和清凉终于缓缓到
来。
　　喏,这世界怎么了?

01 | >>>

后来还是接到了父亲的电话，对顾小卓说他刚才因为有事未能接电话，大约再有二十分钟，就会回到家里，请女儿放心。电话里，父亲的声音听起来略带疲倦。顾小卓想一定是因为父亲工作非常繁忙劳累。于是她没有先去做作业，而是扎上了围裙挽起袖子下了厨房。这么多年没有母亲，洗衣做饭这种事对年仅十六岁的顾小卓来说真是家常便饭。

当热腾腾的饭菜端上桌的时候，门铃声也跟着响了起来。

女生愉悦地想：呀，还真会踩时间。

她迅速擦干了手，朝门口走去。

当门被拉开的瞬间，顾小卓的表情立即从愉悦转为吃惊。

眼前的父亲，仿佛有谁抽走了支在他身体里的骨架，一手扶住门框，勉强站立，神情落魄地看着顾小卓，这么凝视了一会儿，顾小卓才反应过来，一把拉住爸爸："快进来说话。"

给父亲拉了一把椅子坐下来，顾小卓问："你脸上的口子是怎么回事？"

"别问了。"

"爸，你不会跟人打架了吧？"

"我这一把年纪了，怎么会？"爸爸下意识地伸手去摸脸上那条口子，按得稍重了一点，立刻咧开嘴巴叫了一声，"就是随便剐了一下。"

"骗人！"顾小卓把筷子"啪"地往桌上一放，目光直视父亲，"喏，你今天要是不讲实话，我就不吃饭了。"

让顾小卓生气的是，仿佛她的对面并没有坐着一个人，她的示威跟生气就像说给空气一样，一点没有反应。隔着冒着热气的饭菜，顾小卓看着爸爸的脸一点点凝滞下来。就在她想说"那，不说算了吧"的时候，爸爸开口说话了。

一句使顾小卓想当场晕倒在地的话。

"如果我给你找个后妈的话……"

空气像是被某种怪兽一口一口蚕食，听得见空气里咀嚼的声音。

爸爸的喉咙发出莫名其妙的声音："对这个事，你是什么意见呢？"

顾小卓比谁都明白，那只怪兽住在自己的身体里，从妈妈死了以后它一直在，一天比一天凶猛强悍。它盘踞在顾小卓的胸口，毫不倦怠地守护着妈妈在她心里的位置，天下任何一个其他的女人都无可取代。所以，在初中的时候，爸爸曾带顾小卓去见过一个阿姨，在彼此做过介绍，并在渐入佳境的对话里终于知晓了来者的意图之后，小卓歇斯底里地号啕大哭，并且在阿姨跑过来劝解自己的时候，将一杯茶水泼在对方脸上。于是，阿姨原形毕露，朝爸爸骂了脏话，转身就走。如此不欢而散的后果使得顾小卓多少心存内疚。其实，慢慢长大之后，并非没有自责过，甚至一度想要找个时间坐下来跟爸爸好好谈一谈，并且跟他道歉。可是，仿佛永远没有空，仿佛时间还来得及，仿佛既有空也有心情的时候，却怯懦了去提及这件事，于是心里想着，等爸爸下次再带自己去见陌生阿姨或者未来后妈的时候，自己绝对要表现得淑女一点，为了爸爸的幸福，就算是自己心里有些委屈，她也认了。可是，问题是，爸爸并没有给自己这样的机会。

一直到今天，此时此刻。

机会突如其来，袭击了顾小卓，叫她一时缓不过神来，瞪着眼睛看着爸爸。

爸爸显然被女儿这副痴呆的表情吓住了，连忙摆着手说："就当我什么也没说好了，吃饭吃饭！"

"爸爸，我没意见。"看着爸爸怀疑的眼神，小卓重复道，"真的，我很高兴你能找到新的阿姨来介绍给我认识。"

爸爸试探性地慢条斯理地问："那如果这个阿姨是一个你认识的人呢？"

小卓兴趣被充分地调动起来。

"谁呀？"小卓不等对方回答，就胡乱猜测起来，"是不是对面楼里的那个……"

"吴寡妇呀？"爸爸的眉毛快飞到头发里去了，"那个看起来能做你奶奶的女人？你也太低估你爸爸的审美了吧？"

"那是……"

"你有个同学……"

"呃?"她故作镇定地探手夹了一箸菜。

"就是阮青木的妈妈。"显然爸爸使用的是波澜不惊、漫不经心的口气,可是这句话的效果还是在顾小卓的内心里掀起了轩然大波。她夹到嘴边的那口菜吧唧一下掉在桌上,下巴差点也连同那口菜掉下去,反应了半天才重复着对方的话:"阮青木他妈?"

"是。"

02>>>

要了一瓶红酒。

三个人围在吧台前的桌子上玩起了"色钟",不知道他们两个人搞了什么鬼把戏,每次都是阮青木喝酒,眼见着一瓶红酒就见了底,于是拼命地朝酒杯里兑着冰块。大脑像是板结成坚硬的一块铁板,唯一清醒的意识却是在抱怨,搞什么飞机,一瓶酒花掉了三百大元唉。今天晚上是要我破产吧?而白笙远却一次又一次幸灾乐祸地在揭开竹筒的时候狡黠地眨着眼说:"又是你输了吧,喝,这次要喝光!"旁边的翟晓就陪着干巴巴地笑。说得最损的一句话是:"哥们儿,今天我可没占你便宜,酒全都你喝了呀。"阮青木只觉得胸口闷:"靠,你以为我愿意喝呀。"一边为自己的不胜酒力而羞愧,一边为白笙远这朋友不够义气而抱怨,明明是找你出来解闷,却带了翟晓出来,在人家眼前缠绵悱恻的,是想把我气吐血了吧。

临近半夜的时候,酒吧里开始喧闹的演出。人潮涌动,群魔狂舞。

于是三个人转移到角落里一处宽敞的位置上去。

阮青木最后的意识似乎是有人扯了扯他的胳膊:"喂,醒醒!"

"就这样把他扔在这,会不会有什么意外呀?"可能是翟晓的声音,立刻遭到了白笙远的反驳:"他又不是漂亮姑娘,谁会对他想入非非?"

于是,一阵细碎的争吵声,最后在男生哼哼唧唧的一连串声音中消失了。

阮青木趴在桌子上一直睡到了天亮。

服务生过来叫醒他："对不起，先生，我们天亮打烊了。"

出了酒吧门口就接到白笙远的电话。

"哥们儿，昨天晚上怎么样？"对方打了个懒散的哈欠，显然还死在床上，"没人劫色吧？"

"你太无情了吧。"显然朝对方勃然大怒不是阮青木对待朋友的本色，但心里的委屈多少还是有那么一块，坚硬而不容忽视地存在着，"……就把我扔在那不管了。"

"想唤你走，你跟死猪似的叫都叫不起来！"

阮青木翻了翻眼睛问："那你在哪？"

白笙远的声音突然远了，转向了第三人："喂，这是哪？"电话旁边那位操着同样慵懒的声调回应着，"我哪里知道这是哪，是你带我来的呀，你长点脑子好不好？"白笙远嘟囔着"行、行，算我没问你"，声音又近了，重新贴近了话筒传了过来，"我在金秋宾馆。具体位置是……"

阮青木打断了对方的话："你跟翟晓在一起？"

"嗯。"

"你们……"咽了一口什么东西，"开房了？"

"是呀。"白笙远愉悦地回应着，"兄弟，你什么时候可以搞定顾小卓呀？"

然后整个世界一片静默。

所有的动作都被分解成缓慢的片段，支离破碎地抛向空中，如同尖锐的阳光，纷纷扬扬地朝阮青木刺来，抬起手腕挡在眼前，一片难得的安宁和清凉终于缓缓到来。

喏，这世界怎么了？

　　当顾小卓弄清事情的来龙去脉之后，对阮青木的愤怒已经抵达了无以复加的地步，就算是你不同意家长之间的来往，也没有必要连对长辈的起码尊重也不给吧，更何况，你并非不知道他是我的父亲，竟然跟他动手，连最起码的廉耻道德都不顾及。这还是当初那个为人温和敦厚并且聪慧的阮青木么。

　　那个男孩的形象，就这么生生地在眼前被一撕为二，无论用尽多大的努力，也不能再拼和到一起了。

　　她实在是想不通。

　　前一天晚上，当爸爸一五一十地跟她交代这些事的时候，她不止一次想要立刻找到阮青木，然后跟他决斗。最后反倒成了爸爸安慰她："动不动就决斗，一个小姑娘的，别动不动就什么决斗的，连爸爸现在都未必打得过他，你去还不是白白送死？"停顿了一下，"小卓，跟爸爸说实话，你这么生气，是不是还有其他原因？"

　　"没有了。"

　　"真的？"爸爸故意停了下来，眼也不眨地看着顾小卓，"我想不是这样的。"

　　顾小卓的脸还是不争气地变红了。

　　"真的没有其他原因了。"

　　"你们是在交往吧？"

　　于是，一整晚，这些盘根错节的情绪，都在顾小卓的头脑里马不停蹄地交战。不可否认的是他对于阮青木的好感。那是所有文艺小说或者校园生活里的标准的白马王子式的男生，拥有白皙英俊的面庞、修长好看的一双打篮球的手、瘦且利落的男生骨架，比墨还要黑的闪着光泽黑发，而比这些表面现象更为深刻的是，他生在一个普通的家庭，却比那些从小在优越的家庭中长大的孩子更为夺人注目。气质独特，待人温和，学习优秀，一度是老师和大人眼里的好孩子。

而更多人不知道的是——那肯定是个秘密——他对于母亲的态度，是顾小卓从未见过的恶劣，从第一次接近他的时候，她就感受到他对于母亲的憎恶。这一笔墨迹严重左右了顾小卓对于阮青木的判断。

某些时候，他像一个纯洁高贵善良的天使，而另外一些时候，他就变成了狰狞恐怖阴险的魔鬼。

这样的一个人，陌生而熟悉地存在着。

喏，这是你要喜欢的人吗？顾小卓睁开眼睛，深深地吸了一口气，早上微薄的光透过窗帘的罅隙细小而密麻地落进房间里。顾小卓拉开窗帘，连同阳光一起倾泻进眼帘的，还有一个男生的身影。

——阮青木。

□4>>>

"你脸色看上去不太好耶。"男生用的是讨好的语气，甚至想伸手掐自己的脸蛋。顾小卓一手隔开了，嘟囔着说："你别动手动脚，叫人看见像什么话？"

"你不要这么传统好不好？"

"切，这话是我问你才对吧？"顾小卓生气地说，"不知道是谁的脑袋里，装满了好几卡车的封建保守思想。"

"我保守？"男生不屑地笑起来，"我这是高风亮节！"

"那我宁愿你卑鄙龌龊点好。"

男生伸手揉了揉顶在头顶的那团乱蓬蓬的头发，终于眉开眼笑，于是凑过去在顾小卓的脸上轻轻吻了一下："你说真的？"

语气温柔得顾小卓想立刻昏倒在地。

"你能不能不这么恶心地跟我讲话？"顾小卓的胸膛因为生气而剧烈起伏，"……当然是真的！"

"那好呀。"阮青木正色道，"那我们今天就办了它。"

"什么？"小卓大惑不解。

"你觉得我们去金秋宾馆怎么样？"阮青木嬉皮笑脸地说着，完全没有注意到女生难看成酱紫色的脸，"……昨天白笙远跟翟晓就在那里，所以，我想那里应该没问题！"

慢慢明白过来男生的意思，顾小卓想都没想扬手就是一巴掌。不消说当事人阮青木，就是路过的行人也纷纷扭头看过来，好奇地继续关注着事态的发展。在别人眼里，或者是这一对中学生小情侣又起了什么口角之类的，是的，在他们眼里，这样的做法很幼稚、可笑。可是，旁人真的很难理解那一刻阻塞在顾小卓身体里的悲伤，仿佛每个细胞都在挣扎、哭泣。

阮青木，单单是不孝就难以让我接受，如今你的罪状又多了一条。喏，是不是如果我不顺从你的意愿的话，说不定哪一天你还会跑来强奸了我呢？

这样恶毒的话涌上嘴巴，却变为"阮青木，我真的没想到，你是这样的人"。

"你干什么这么凶？"抬手揉着被抽了一巴掌的左脸，"每次在这种事上我都是白笙远取笑的对象。你看人家翟晓多开放……"

"那你去找翟晓结束你的处男之身啊！"

"你——"

"你从来都没有尊重过我！"女生抢白道，"在很多人眼里，你表现得特别、优秀。但我知道，那不是全部的你，我可以纵容你的缺点，但我没想到，你的缺点就像是一个不断裂开扩大的豁口，一次比一次恶劣。"

"想跟你睡觉就恶劣呀？这证明我喜欢你！"

顾小卓在男生的嬉皮笑脸之下终于落下了热泪。

之前搭建在心里的阮青木的形象全线崩溃。在他光鲜的外表之下，裹藏着的，竟然是如此黑暗龌龊的灵魂。

"你尽可以不同意你妈妈跟我爸爸交往，"顾小卓擦了一把眼泪，"但你没有权力对我爸爸动手。动手就算了，你还靦着一张大脸跑来要求我跟你睡觉，你不觉得你比畜生还不如么？"顾小卓将这几句话劈头盖脸朝阮青木砸完之后转身就走。

只留给他一个苍白匆促的背影。

05>>>

分手这样的念头不是没有。

虽然之前也没有太正式地宣布说"我们从此以后就要在一起了",但还是想要找个机会跟阮青木说拜拜。

06>>>

顾小卓回到楼上之后惊讶地发现爸爸不知何时不见了。

看得出走得比较匆忙,连被子都没有叠。顾小卓一边整理着被子一边想,肯定是天黑的时候走的,接近天亮这一段时间,她一直都没有睡着,根本没听到任何动静。那爸爸半夜神秘地离家出走到底是什么原因呢?

小卓忍不住挂了个电话给爸爸。

铃声却在另外一个房间响起。

连手机都没来得及带上,他这么匆匆离去,会不会有什么意外呢?这么想着,就连吃饭的念头都没有了。

所有的倒霉事,就跟是从天而降的一瓢水,全都浇在了自己身上。

顾小卓锁了门,去平时父亲经常去的一些地方。一个多小时之后,顾小卓就像一只泄气的皮球,疲倦而茫然地站在高楼的阴影里擦着汗。

哪里都没有爸爸。

挂电话给阮青木,实在是走投无路之举。而对方只是在电话里抱怨了一句"喂,我刚刚想回家睡觉来着",其他也没多说什么就答应过来。两人约在了刚才吵架的地点见面。顾小卓拖着疲倦的身子走回去的时候发现阮青木已经在那里了。

因前一天打架而留下的一身血迹还斑斑在目。

"怎么了？"男生并没有看出女生有什么不妥，"……你终于想通了吧？"

"你脑袋里除了那坨黄色的东西还能不能有点别的玩意儿？"顾小卓翻了一眼男生，终于露出了委屈的神情，"……我爸爸不见了。"

男生眼前一亮，两只手插在裤袋里，一只脚踢着地面，上身用力向一侧摇晃着——喏，这个动作其实顾小卓并不陌生，与朋友聊天时他经常是这样嘻嘻哈哈的神态——同时发出响亮的笑声。

"你爸爸是一个大人，不会有什么事的。"阮青木神秘兮兮地说，"半夜出去，肯定是办一件不愿意让你知道的事呀！"

"你——"

"我们还是先上楼稍微等一下吧。"

顾小卓只好应下来，引领男生上楼。男生进屋第一件事是打开冰箱，拿出一罐冰可乐，大口大口地喝，喝完之后抿抿嘴巴问顾小卓还有什么吃的没有，他说现在非常饿。

"你是来帮我找爸爸还是来蹭吃蹭喝？"

"不填饱了肚子怎么会有力气跟你上街找你爸呀？"阮青木伸手指指外面热得像是要下火一样的天空。

男生一边啃着卤制鸡腿一边漫不经心地说："其实我知道你爸爸在哪。"

"在哪？"

"只要你答应我一件事，我就告诉你。"眉开眼笑不怀好意地说。

"什么事？"

跟着发生的一切都是突如其来。

男生不再啃鸡腿，而是怔怔地看向自己。外面不知什么时候开始已经有了蝉鸣，跟声浪似的，朝这边袭来。

"对不起……"男生红着一张脸，两只手在裤子上反复搓着，"我还是想……"

小卓下意识地护住自己的身体。

却没有对方速度之快、力量之大，一个被动的转身就被绕进对方的怀抱，男生独有的气息猛然之间迫近，想避都避不开。胡子拉碴的嘴唇贴过来，顾小卓想高声尖叫，嘴巴却被男生的嘴唇裹得严严的。

眼睛因为惊恐而睁得大大的。

挣扎出来的一只手去推男生探向自己胸前的手。饶是使尽了全身解数，也是无济于事。那一刻，屈辱跟愤怒同时被点燃，不要说分手，分手这样的字眼简直太轻描淡写了，对于他对自己的亵渎跟侮辱，顾小卓简直有一刀结果了他的冲动。

无奈的是，拼力量显然不是他的对手。

在阮青木的眼里，顾小卓看到的，真的只是疯狂。

无所顾忌的一路疯狂。

他粗鲁地朝她吼着："我知道你爸爸在哪，只要你不要乱喊乱叫，我就告诉你！"

"我不要你告诉我了还不行么？"

"我就是要告诉你！"

"求求你不要这样！"

"我会告诉你，你爸爸在哪的！"

顾小卓只觉得天旋地转，她觉得某座心目中最神圣的殿堂在一瞬间崩塌了。眼泪顺着眼角无声地滑落，好希望这一切能够停止，时光能够回转，一切可以重来。

可是——

男生突然停下来，湿漉漉的目光突然凝固在某一处。手上的力道也松了下来。顾小卓顺着男生的目光看过去，看到了一脸愤怒的爸爸。

07>>>

事隔一天，重新加上了"血染的风采"这样的定语修饰的阮青木，在被扫地出门的同时也被无情地宣布分手。

"阮青木，你那是在犯罪，是强奸！"

这个声音像是在扩音器里喊出来的一样，一次次响起在阮青木的耳边。他垂头丧气地走在街道上，不知道该前往何处。

其实阮妈妈的第一个电话是挂给儿子的。——前一天晚上，因为阮青木跟顾叔叔当着阮妈妈的面大动干戈，随后又纷纷出走。急火攻心的阮妈妈在半夜的时候复发了心脏病。吃了药之后仍觉得胸口发紧。第一个电话挂给酩酊大醉的阮青木。而且当时白笙远跟翟晓已经离开，乱糟糟的酒吧里根本听不清铃声，就算是听见了，阮青木也未必会回应。

无奈之下，拨通了顾爸爸的手机。

于是半夜三更地送去了医院。

度过了危险期后，阮妈妈仍旧心急如焚地期待着儿子的到来。顾爸爸就知道她心里的想法，于是建议拨个电话给他。

电话是顾爸爸拨出去的。

阮青木也接了起来，是在见到顾小卓之前。因为知道对方此刻肯定是独自一人在家，所以他才去那里的。

顾爸爸在电话里没有控制好情绪，语气里有点气急败坏。

而阮青木回之以同样的刻薄："既然你都去了，她还用得到我么？"

在走廊里，顾爸爸忍不住骂了句："你这个不孝的畜生。"

阮青木已经打定主意接下来要做的事。

于是冷笑着，话里藏刀地说着："是呀，我一会儿就要做比畜生还不如的事，我看你能拿我怎么办？"

08>>>

顾小卓蜷缩在床上。

抬起眼，看着从街下走过的白衣少年，终于重重地呼出了一口气。这样的男生，终于被剥尽了一层层光鲜亮丽的皮，看到了其内里的肮脏黑暗。罪状一条条，沾着斑驳血迹呈现在顾小卓的眼前，虽是盛夏，却让她觉得浑身发凉。古人所说"人不可貌相"大约也有这样的意思吧。在那么多人的眼里，阮青木是什么样子的？

开朗。善良。乐于助人。泾渭分明。成绩优秀。活动能力强。三好生。

如果这些形容词都不能具象的话，那么请看下面的事实，那个满头白发的老太太——副校长——曾大为感慨地说，我已经好些年没见到像阮青木这样的好学生了。那次，阮青木特英雄地从车轮下救出一小孩，做完了好事没留名，一直到人家家长找到学校来。当时白发副校长把阮青木从教室里拎出去，顾小卓还以为出了什么事呢，没想到，回来的时候拿了一面锦旗不说，电视台的记者扛着摄像机就闯进了教室。于是乎，副校长有了上面的话。

一贯脸部神经坏死，简称面瘫的班主任，在说到阮青木的未来时，脸部可怕地有了笑容——比面瘫的时候还可怕——他言之凿凿，学校的保送名额一定是要留给他的。

可是，就在他万丈光芒的背后呢？

是触不到任何温暖的存在。

——对他的母亲态度蛮横、恶劣，顶嘴、吵架甚至一度把她的心脏病气犯，却不肯陪她去医院；

——与白笙远这样的小混混为伍，多年来已成作弊高手；

——想把自己的女朋友搞上床，在对方不服从的情况下，采取强行手段；

……

而如果顾小卓有足够的时间等待的话，那么更多让她觉得不堪忍受的恶劣品质以及行径将陆续曝光。

哪怕一个小时之后，硬着头皮跟爸爸出现在医院——阮妈妈的病房前——进门前，医生说刚才病情又严重了下，嘱咐要保证她情绪的平稳。

见到顾小卓，对方嘴角扯开一个内疚又灿烂的笑容。

"阿姨好。"

"见到青木没有哦？"显然对方似乎知道两人之前的关系，"你帮阿姨挂个电话让他过来吧。"说着露出尴尬的笑，"我这个孩子呀，跟我真的是两条心呢。可是……"哽咽着，"……我真的是惦念他。"

"阿姨……"

顾爸爸使了个眼色，匆匆说着："叫你挂你就挂呗。去走廊挂！"

顾小卓得以脱身。

电话通了。

"喂，我是顾小卓。"

"我知道。"软塌塌的声音，"又做什么，还要我再吃你老爸的拳头么？"

"你妈叫你来医院看她。"

而比顾小卓的要求更干脆的回应是："就算是她死了，我都不想再看她一眼！"

——就算是她死了，我都不想再看她一眼！

顾小卓的世界里，最后一丝光芒被黑暗吞噬，她闭上眼，一大滴泪停在眼角，闪着微薄的光，想着，妈妈，好在我不是像阮青木那样的孩子呀。

妈妈，就算是你不在了，我还是想你，比以往任何时刻更用力气地想你。

09>>>

你以为这个夏天就此戛然而止了么？

炎热使得空气像是流动的透明晶体，缓慢地过滤着空气中每一个潮湿的分子，使得整个世界都变得无比狂热、躁动。

此刻的安静，似乎只是表面的平和。

被掩盖的躁动和喧嚣在伺机而动。

所有的一切终将会到来。

阮青木在路口遇见翟晓的确是意外。但也不算稀奇。

"青木哥！"

有人在身后这样叫自己。

阮青木难为情地抓了抓头发："喂，拜托你能不能直呼我全名，这样叫下去，我的牙全会被酸掉的！"

翟晓娇滴滴地应着。

脸上是那种又惊讶又做作的表情："呀，你怎么浑身是血呀？"

"没事。"轻描淡写，"跟人打架了。"

"谁欺负你了？"翟晓一定学过变脸的绝活，此刻一脸怒气冲冲，"我找人帮你复仇。"

男生摆摆手说："不用了。"然后为了停止这个话题又特意补充了句："他们比我还惨呢。"接下去不知该说什么好，就又抓了抓头发，"那，我走了。"

——自从知道翟晓跟白笙远之间有过那种关系，不知道为什么，阮青木在她面前就极其的别扭，好像是身上的哪一块骨头长错了位置。

更准确一点说，是不是不自信？

"你去哪？"

"我……"其实阮青木也不知道去哪。

翟晓明察秋毫，于是迫不及待地说："那，就去我家吧！"

之后发生了什么事？

慢慢地睁开眼，在医院的病床上侧过身，忽然感觉到一阵剧烈的疼痛滑过腿部的肌肉，于是整个身体保持着诡异的姿势瞬间凝固。整个身体就像是一台快要崩溃的机器，落满了灰尘，一旦运行，仿佛将要爆炸一样的疼。

因为疼痛而获得的短暂的清醒。

努力地别过头，想搞清这是在哪。光不再像是之前那般刺眼炫目了，微薄的安静的光，平展地铺在一侧的床单上，一直蔓延至自己的半个脸颊，而炎热也被一旁不断地发出嗡嗡嗡声响的电扇所驱散。

自己就这么不合时宜地存在着。

就像是一整个炫目光彩的夏天之上的一块溃烂的伤口。

夏天。

傍晚。

医院。

呼啦呼啦响着的电风扇。

小幅度地挪动了一下身体，扯开领口，多少还是有些闷热呀。

小腿似乎被刮开了长长的一条口子。

嘶啦嘶啦地疼。

再努力往前想一下。还有什么？

冰过的西瓜。

一口咬下来，凉爽得阮青木想一年四季要是都是夏天就好了。

翟晓切了半只西瓜，边吃边笑着说："我切的西瓜好看吧？"

"嗯，"男生吐了一口西瓜籽，"很好吃。"

"青木哥你是要走保送的吧？"

"嗯？"

"升入高二，学校不是有两个保送大学的名额么。"翟晓若有所思地说着，"之前老师也说那个名额是要留给你的。"

"是这样的吧。"

"那我也要争取走保送名额！"

"为什么？"他突然停下来，黑色的西瓜籽还挂在嘴角。

"因为我想跟你在一个大学读书呀。"翟晓笑着看对方。

直到对方"呃"了一声，埋下头继续去吃西瓜。

阮青木艰难地再次翻了下身，这次看见斜上方的银色支架上静止不动的吊瓶。白色透明的输液管里，药液一滴一滴有条不紊地滴着，门被拉开之后进来一个人，护士，看见阮青木后面无表情地说着："醒了？"

还有什么？

洗澡。

拧开莲蓬头，哗啦哗啦的凉水顺着头顶流下来。

记忆跟着又复苏了一块。

"你几天没洗澡了？"翟晓突然问。

"三天了吧？"明明有四天，一向爱干净的阮青木微微有些脸红，"我身上有味道？"

"是呀。"翟晓做出捂鼻子的动作，"而且你这身衣服，全是血，走在街上别人还以为你是一个通缉犯呢。"

面带愧色的阮青木对于翟晓接下来的水到渠成的要求也就没什么驳回的理由。

—— "那你去洗个澡吧。"

—— "方便么？"

—— "有啥不方便的呀？"

拧开莲蓬头。

水哗啦一下流淌出来。

阮青木觉得无比的舒服。而门突然被推开。他惊恐地背过身体，大叫着"喂你闯进来干什么"。翟晓说"你知道哪个是洗发水哪个是沐浴露吧"。"知道知道啦，你快点出去。"门被重新拉上，阮青木迅速把门插好，这才安心下来，伸手去够那瓶洗发水。

翟晓家的浴室设计得真叫一个诡异，冲向客厅的那一面是麻玻璃，往外看出去是一片白茫茫的大雾。阮青木搭手摸了摸，粗糙得像是布满了沙砾。又仔细朝外看了看，确信什么也看不到之后，将洗发水抹在了头上。

在里面就穿好了衣服，出来时看见翟晓正襟危坐在沙发上。

"这么快就洗完了？"

"是哦。"然后又说，"谁像你们女生洗澡那么麻烦。"

"我没觉得我洗澡比你洗澡麻烦多少呀！"

男生做了一个不跟你讨论的手势，用毛巾揉着湿漉漉的头发，很正经地说着："不管怎么样，谢谢你今天能收留我呀。"

"你那身衣服就脱下来吧，我给你找了几件干净的衣服，你先穿上。"

"你家还有男生的衣服？"

"……我表哥的了。"翟晓解释着，"放假过来玩时留在这儿的，还算干净。喏，好热，我也要去洗澡了。"

阮青木看着那几件衣服觉得有些摸不到头脑。

而且房间里的空调开得不高，热什么热啊。

开了电视，拿着遥控器从一个台转到另一个台。

莲蓬头再次被拧开。

哗啦哗啦的流水声。

男生的目光却聚焦在体育频道的足球比赛上。

如果他的目光倾斜四十五度的话，那么一个叫他的心脏从胸膛里跳出来的事实就会击中他，可是他完全被英超联赛所吸引住了。

直到门铃声突然响起。

阮青木从沙发上站起，手里还捏着遥控器，打开了门。

然后看见了站在门口的白笙远。

"你怎么在这呀？"

"进来进来。"阮青木让着。

白笙远在玄关处换了鞋子。

"翟晓呢？"

"她啊。"阮青木抬起目光朝浴室看去，然后他就彻底石化了。——浴室朝向客厅的那一面镜子虽然从里面看不到外面，但从外面看里面，却是一清二楚，所有画面尽收眼底。那么，也就是说，刚才他在里面洗澡的一举一动，全被翟晓亲眼所见。

但是他已经来不及朝翟晓声讨她的卑鄙了。

因为一旁的白笙远已经彻底愤怒了。

"阮青木，你太对得起我了！"抬脚踹在了阮青木的肚子上，"嗷"的一声惨叫跌倒在身后的茶几上，正是肩胛骨的位置，想要争辩都来不及，白笙远根本不想听他的解释，从身后掏出一把小刀，直直地刺过来。

浴室里的翟晓只听得到一片噼里啪啦的打架声。

等她披着浴巾出来的时候，阮青木的小腿上扎着一把刀，鲜血像是一条小溪一样汩汩而流。头撞在一侧的桌角上，整个人翻仰在地板上，昏了过去。

第十回

　　就像是那些最初连接在一起的大陆，在时光的恒久摧残连同地球的离心引力之下，渐渐地撕裂了筋骨，成为各自独立的巨大孤岛。

　　梦里面四下是水。

　　面对陌生且危险的水域，守着孤岛眺望，那些曾经紧抓在一起的双手，正在遥远的对面朝自己投来含义复杂的目光。

炎热仍在继续。

天气并没有因为进入秋天而有所收敛。

到处都是一片白光，整个世界在视线里蒸腾成突兀的存在。暑假里的最后几天，阮青木倒在床上，犹如困兽一般无所事事。

把手机通讯录里密密麻麻的名字从第一个拉到最后一个，却还是找不到一个可以说话的人，天空很大，世界很壮阔，可是给阮青木的却只是一个斗室那么大。甚至比这还要残酷，或许是因为夏天炎热的关系，小腿上溃烂的伤口迟迟不肯愈合，于是也只能日复一日地蜷缩在床上。夜晚到来，情况也好不到哪里，常常是抽筋一般的疼将他从沉沉的睡眠中拉出来，揉着惺忪的双眼瞪着窗口，黑暗里的灯火像是浮动在遥遥海面上的灯塔。虚妄而清晰的存在，为何却在男生的心壁上撞击出浩荡而空茫的回响。

这样又度过了漫长的一个晚上。

冰冷的光线穿透厚厚的云层，照穿这个世界的每一处角落。

而惟独自己的蜗居却还是死气沉沉地陷没于黑暗之中，看书的时候需要拧开台灯。而比见到弥漫于整个世界的天光来说，能够有人站在自己面前，以往昔欢笑的容颜朝向自己，咧开嘴巴抬起手臂，说："喏，阮青木，我们一起去……"

——哪怕有一个这样的人也好。

可是。

眼下的情况是怎么样的呢？

自己就像一座孤岛。

就像是那些最初连接在一起的大陆，在时光的恒久摧残连同地球的离心引力之下，渐渐地撕裂了筋骨，成为各自独立的巨大孤岛。

梦里面四下是水。

面对陌生且危险的水域，守着孤岛眺望，那些曾经紧抓在一起的双手，正在遥远的对面朝自己投来含义复杂的目光。

朋友全都像是跟着夏天的热浪一并蒸发不见。

那些温和的、美好的、善良的、聪慧的、明亮的面孔，原来也有与此对应的另外一面，冰冷的、丑陋的、凶恶的、愚蠢的、阴暗的存在。阮青木恼怒地闭上了眼睛捂紧了耳朵，却还是听到那些喧哗的声音，响亮地在耳边持续并放大地继续着。

白笙远烧红着的一张脸，怒气冲冲地说着："阮青木，算是我瞎了眼中不？我再也没有你这个朋友！"

顾小卓一脸的悲伤表情："阮青木，我现在终于发现，我们根本不适合在一起，尽管我努力地做过那么多尝试跟努力，可是……我们还是分手吧。"

翟晓娇滴滴地说着："反正我们俩现在不清不白了，现在你对我还这么蛮横的态度，你的良心叫狗吃了么？"

而夏宁屿，那个从一开始就始终恨不得自己身败名裂的人，在无数次摇晃的梦里，看见他站在自己的对面，雾气遮住了他的脸，却遮不住他一脸邪气而冷酷的笑容，像是在说："喏，你完蛋了吧，你迟早会完蛋的！"

弥漫于整个孤岛的白色大雾彻底散尽之后，阮青木发现所有人都消失了。只有高高的苍穹之上反复地回响着飞鸟细小而尖锐的悲鸣。

像是一把匕首，一下一下扎进少年的心脏。

你们都去了哪里？

去了哪里？

02>>>

到高二正式开学的那天，阮青木终于能正常如初地走路了。挎上书包准备去上学的时候，妈妈叫住了他。

"要不你在家多养几天？"

"不用了。"

"你没明白我的意思！"

"呃？"

"就算是好了，回到学校也要先装一段日子。"妈妈别有心机地说着，"毕竟我们拿了白笙远家的一大笔钱，总不能叫大家说我们敲诈了他们吧，所以别人问起你，你就说，还没好呢！"

"你拿了人家钱？什么时候？"阮青木直直地看着母亲。

——事情发生之后，母亲跑到白笙远家大吵大闹是真的，以她的脾气，始终如此。爸爸活着的时候也是一样，脾气暴躁，不容他人。这样的性格，使得阮青木始终难以接受。

"现在这样的结果是他造成的，他就得赔！"母亲掷地有声地说。

"谁叫你去的？"阮青木顿时不想去学校了，本来还以为有挽回跟白笙远的友情的余地——其实解释清楚了，以阮青木对白笙远的了解，摒弃前嫌并非没有可能，况且，在后来漫长的暑假里，阮青木不止一次拒绝了翟晓的探望，与其刻意保持着疏远的距离——可是，现在这一切全被母亲一手给葬送了。

当阮青木踩进教室的那一瞬间，本来闹哄哄的教室突然变得鸦雀无声，那种给人感觉特别怪异的平静，阮青木下意识地打量自己是否穿错了衣服什么的，可是，什么都没有。等他找到自己的书桌坐下去的时候，突然觉得有什么不对头，然后试图站起来，却发现凳子上被泼上了厚厚的一层强力胶水，沾得满裤子都是。他的两条眉毛拧在一起，张大眼睛朝四周张望，看到的却几乎是同样的眼神。

——幸灾乐祸。

目光再一转，看见顾小卓刻意别过脸去，不朝自己这边观望；而白笙远则跟身边聚拢的几个人一起朝这边看过来，脸上写满了嘲弄。

翟晓左右看看，还是忍不住站起身来。那一刻，阮青木在心里绝望地呼喊："求求你不要过来，千万不要过来！"可是，翟晓还是轻移莲步向自己靠了过来。他绝望地微微闭上了眼："这样的话，自己就算是跳进黄河都洗不清了。"

翟晓做出十分惊讶与愤怒的表情，嗲嗲地说："青木哥，你没事吧？"

"你走开！"

"是谁这么坏呀？"翟晓仿佛没听见阮青木刚才低低的斥责，"一定是顾小卓！"

"我叫你走开你没听见吗？"阮青木忍不住提高了声音，"你是耳朵聋了还是脑袋里塞满了大粪？你给我走开呀！"

面对阮青木突然的暴怒，翟晓愣住了。

她定定地看着眼前这个陌生的男生，他们从小一起长大，甚至被双方家长称为"青梅竹马"，可是每次她这样提起的时候，他都做出恶心的表情。她为他付出了很多，因为从小到大成绩都不及对方，有时恨透了自己长了一猪脑袋，每次去向对方请教的时候都遭到一连串的嘲讽，只是，若能跟他在一起，被他嘲讽对自己也是一种别样的幸福呢。翟晓自己并非不晓得，自己做了许多许多事，这些事在别人看来无比恶劣，可是她的目的却只有一个，就是能让阮青木守在自己身边跟自己说"我喜欢你"。可是，她等到的却是：

——"我叫你走开你没听见吗？"

——"你是耳朵聋了还是脑袋里塞满了大粪？你给我走开呀！"

想到这些，翟晓觉得自己的心都被撕裂了。

她嘴巴一咧，就跟是拧开了水龙头一样，源源不断的眼泪从两只眼睛里淌出来，同时伴随着难听的呜咽声。这让阮青木的处境变得更为微妙。没有一个人站出来阻止这一切的发生，时间就跟是被冻僵了一样，缓慢地朝前挪腾着。而阮青木感觉血管里像是被灌进了烧开的热水，在身体里到处流窜，灼热的痛感顺着血液循环至四肢百骸。

阮青木朝白笙远望去，目光里满是求助的神情。

白笙远果然也做了回应。

他信步走了过来，教室里所有人的目光都聚焦在这三个人的身上。在此之前，关于暑假里那场离奇而尴尬的三角恋的故事已经有多种版本以口头、网络等形式流传于坊间了。所以对接下来的续集抱以强烈关注也在情理之中。

只是——

"嗯？"白笙远发出了奇怪的疑问声，"小两口吵架斗嘴了？"又停了一下，目光从阮青木转移到翟晓身上，目光如炬，意味深长地盯着。"就是再闹别扭你也不能把胶水泼人家凳子上啊，这么做，嗯，是不是有点儿太缺德了呀？"说完，白笙远发出那种刻意制造出来的哈哈大笑。

阮青木近乎绝望地看着白笙远，过去最好的朋友，现在以一种戏谑的口气在耍着自己，他尴尬地摆脱了屁股后面的凳子，尽量挺直胸膛。

"白笙远，你不要乱说，我什么时候跟翟晓是小两口？"

翟晓也帮腔道："这缺德玩意才不是我泼的，是哪个下三烂的东西泼的，要是让我知道了他是谁，非整死他不可！"

"嘀嘀！"白笙远的声音无比响亮，"小两口一致对外，话说得挺狠呐，你要整死谁呀？"

正说着，白笙远一个巴掌抢过去，然后伴随着一个尖厉的声音，翟晓跌倒在地上。阮青木凶着说："你干什么？"

"谁咒我，我就踢死她！"

"她是你女朋友呀！"阮青木说。

白笙远奇迹般地停下来，脸上露出了邪气的笑容。

"她是我女朋友。"喃喃地，眼里的光芒涌动，"阮青木，你承认她是我女朋友，对不对？"

"对。"

"那你他妈的还搞她？"白笙远怒不可遏，"你搞你兄弟的女人，你这不是踩我，你是干什么呢，你！"

阮青木从没觉得时间过得如此之慢，他甚至愿意时间加速，哪怕一下快进到自己进了坟墓，也比现在这样舒服。额头渗满了汗水，他在白笙远的眼睛里看到仇恨的光芒。

"你误会了，真的。"

"那你给我解释！"咄咄逼人，不容让步。

"我……我……"阮青木支吾着，如果重述那天的事情，简直比杀了他还要痛苦。

"解释不出来了吧？"

最要命的是翟晓重新摇晃着站起来。

"就算我们俩是小两口，你又能怎么样？"

白笙远转身看着翟晓，嘴里挤出两个字："贱人。"

03>>>

并非所有事情都可以重新来过。

顾小卓从来没觉得自己如此沧桑过，当她慢慢别过脸，目光直视阮青木窘迫而慌张的一张脸时，她觉得有什么东西断掉了，她甚至听见了咔嚓的清脆声响，她知道，在此前一年时间他们之间努力经营与维持的所谓爱情，面目全非地转身离去。

而阮青木却还是挂着一脸无辜的表情，就仿佛那些事并非是他做出来的一样。这使顾小卓非常生气。

下定决心要分手。

却在低下头时，流出了眼泪。

晚上爸爸照例不在家，原来是约阮妈妈出去吃饭。本来是叫了阮青木一起去，被拒绝，不过幸好他没去，否则的话，顾小卓真不知道怎么面对他。饭桌上，顾小卓察言观色，渐渐觉察到了阮妈妈的变化，在爸爸面前还是温柔贤惠的。所以反对他们什么的，也只是以前跟爸爸闹的小性子，现在只要爸爸觉得好，她就不干涉。吃饭的时候说到了阮青木，阮妈妈很是高兴，说起儿子的时候脸上泛着光彩，说班主任老师已经挂电话给她，说阮青木有本地大学的保送名额。

"这样很好呀。"阮妈妈放下了筷子，专心说话，"要不等上了高三，孩子脑子都要累坏掉了，能提前进入大学就没有那么多压力。不过话说回来，我们家青木学习很棒的，就算没有保送也照样可以考大学的！"

爸爸附和着说："是呀，小卓一直夸青木学习好。"

"小卓也不错了！"阮妈妈没忘记安抚一下顾小卓的情绪，"其实，我心里最高兴的是，他能留在我身边，其实自从我和阮钟贵结了婚，全部的希望就都寄托在孩子身上了，我不能失去他，我只想把他拴在我身边，看着他一天天长大成人。"

说到了情绪激动处，阮妈妈两眼泛起了泪花。

"别这样啊。现在一切不都挺好的嘛，他也有保送名额上大学了，不会离开你。"爸爸安慰着。

"他还是不同意我再婚。"阮妈妈已经有点儿抽噎，"今天出门的时候还跟他吵架，他说要是再婚的话，就跟我断绝母子关系——"

顾小卓跟爸爸几乎同时倒抽了一口冷气。

而阮妈妈则哭得更凶了。

□4>>>

本地大学的保送录取在高二的时候就已经定下名额。按照往届的经验来看，一般是在全国的各项比赛获得单科或者多科的奖励的人才有资格。所以，顾小卓完全是以局外人的角度观望着周围人对此事的议论纷纷。

关心也好、讽刺也好、不满也好……那些议论像是从遥远的地域传来，顾小卓把玩着一支中性笔，不时在书本上需要重点记忆的地方画上一道。从夏天开始，这个世界始终乱哄哄的，情绪就跟应季植物一样。现在的顾小卓终于到达了"不以物喜、不以己悲"的伟大境地了。

胳膊肘被另外一只手圈住，扭过头，才注意到翟晓已经跟自己紧挨着肩了。

"跟你打听点儿事呗？"

对于一贯对自己采取冷漠甚至敌对态度的翟晓，突然而至的热情使顾小卓有些不大适应，结巴着回应道："啥……啥事？"

"保送名额的事，你听到什么风声没有？"

"我又不是老师，怎么会掌握这些绝密信息。你也太高估我了吧？"

"阮青木没跟你说起么？"翟晓的脸甜腻得像是涂抹了厚厚一层奶油的蛋糕，"你也知道我们学校一共只有两个名额，其中一个，如果是阮青木想要的话，那么谁也别想从他手里夺走！"

"你说得没错，我也这么觉得。"

"另外一个名额嘛。"翟晓装出心不在焉的样子探问，"你是不是想竞争一下呢？"

"我？"顾小卓笑了笑，"如果你很觊觎那个名额，想跟你的青木哥哥继续你们青梅竹马的爱情故事的话，那么，请你放心，我绝对不是你路上的绊脚石！"

"明白就好明白就好。"翟晓从口袋里掏出两支棒棒糖，分给了顾小卓一支，"很好吃哦，草莓味的哦。"

"谢谢。"小卓没有拒绝，"不过我更喜欢芒果味的。"

05>>>

顾爸爸跟阮妈妈最近处得还好。

两个人有更多机会在一起。

让顾小卓意外的是，阮青木似乎并没有什么过激的举动。生活就跟是流经城市里的那条河流一样，因为临近了冬季，而渐渐恢复了平静。连夏日里所听见的细小的流水声也消失不见，成为冰冷而寂静的所在。

阮青木就是那条河流。

夏日里躁动不安与秋日里的肃杀安宁形成了强烈的对比。

一系列事件使阮青木在班级里抵达了空前的被孤立的境地。除了课堂回答问题之外，整日里沉默不语。也拒绝参加所有课外活动，渐渐地，所有人也自然而然地将其排斥在各个团队之外。

而白笙远则纠集了五六个人处处与阮青木作对。

有几次顾小卓看见在午饭前，白笙远偷偷地将阮青木的饭盒里的勺子偷出来。她并不清楚对方到底要做什么，就很好奇地跟在后面，一直到进了男生的水房。然后白笙远转身进了厕所，不久之后，带着一副幸灾乐祸的笑容重新出现在顾小卓面前。

"啊！"白笙远瞪着顾小卓，"你跟一木乃伊似的站在这干什么？"

"等你呀！"

"等我干什么？"白笙远就是单细胞男生，"难道说你看上我了？看上我你直说嘛，也不必跟到男厕所来嘛。"

"少贫嘴吧，你！"顾小卓声色俱厉，"你拿个勺子进厕所干什么？"

"管得着嘛，你！"

白笙远气呼呼地走开了。而中午吃饭的时候，顾小卓注意到阮青木用的就是那只莫名其妙去厕所做了一次旅行的勺子。

心中多少明白了一些。

眼下，惟一跟阮青木保持热络关系的就是翟晓，而她的到来总是凭空给已经痛苦不堪的阮青木再一次伤口上撒盐，从两人之间磕磕绊绊的状态就可以窥其一二。

并非一点恻隐之心都不存在，有很多次想要在对方最难过的时候走过去，拍拍他的肩膀，哪怕一句安慰的话也不讲，单是站在他的一边，也足够给他勇气让他将塌陷下来的天重新支撑起来吧。

可是，这最后的一簇小小的火焰被一场大风给吹灭了。

灭。

整个世界，一片寂灭。

06>>>

就像是阴云密布的宁静与冰冷提示的，不仅仅是暴雨的临近，更是为了彰显电闪雷鸣的威力，擦亮夜空与撕裂天际，都因为格外的灰暗冰寂而更具威慑力。

门微敞。地上凌乱地摊着几本书，有风把书页轻轻吹起，却总也翻不过那一页，书包横骑在门槛上，再抬起视线，就看见阮妈妈直挺挺地跪在了阮青木面前。

那一刻，顾小卓的五脏六腑像是被冻结了。

她什么话都说不出。

而对阮青木的最后一丝善意全部被一只有力的大手轻易地抹擦掉了。

顾小卓手中的东西——爸爸托自己转给阮妈妈的生日礼物——猛然地滑落在地，却像是重重地砸在了自己的心尖上。疼痛从胸腔的最深处朝外翻滚着袭来。顾小卓不顾一切地拉着阮妈妈从地上站起来。

而阮妈妈早已泣不成声："我不结了，我不跟你顾叔叔结婚还不行？"

"到底怎么回事？"顾小卓气愤地质问阮青木。

男生一脸满不在乎的神情。

尴尬也好，窘困也好，哪怕他愤怒也好，可是他摆出的表情偏偏是不屑，这不是冷血还是什么，这彻底激怒了女生。她觉得自己在一瞬间成为尖嘴利齿的小兽，想要朝对方扑过去。

"你还是省省力气吧。"阮青木自鼻孔发出一声嘲笑式的"哼"，"我一共要跟你说两件事，第一件事刚说完你就这样，我真怕我把第二件事说完了，你会昏死过去。不过现在我不用担心了，有你的继女，呃，这么说对吧，陪在身边，你应该没什么问题。第二件事，就是我放弃了本地大学的保送资格，我把那个名额送给别人了。"

顾小卓跟瘫倒在地上的阮妈妈其实持有同样的疑问："为什么？"

"原因嘛，"阮青木拉长了语调，"其实不想跟你说，怕说了让你心寒，不过既然问到了，说出来也无妨，我就是不想待在你身边，不想看到这么讨厌的你！"

手指向了他的母亲。

顾小卓猛地站起身来，扬手就是一个耳光。

抽得阮青木有些措手不及。

"你跟一个畜生还有什么差别？"

顾小卓的胸脯剧烈地起伏，而站在她对面的阮青木目不转睛地盯着她的胸口看，一直到女生觉得异样，才讪讪地红着脸别过头去。

07>>>

阮青木说予他母亲的第一件事是，如果她选择跟顾叔叔结婚的话，那么他要求跟她断绝母子关系。

漆黑而冰冷的空间，斜斜地横过一道光柱。内里充盈着浮动的尘埃。光线渐渐暗淡。黑暗中失去彼此与温度。

光线不知去向了何方。

08>>>

期中考试前的周末。

班主任在下课之前，无力地笑了笑说："说一件跟大家有关的大学保送名额的事，我们班最终定下来两名同学。这两名同学推荐到学校，最终结果将在期中考试之后公布。"

顾小卓把埋在课本里的目光抬起来。

下意识地偏转头看了看周围。

翟晓正得意扬扬地盯着老师，一副胸有成竹的模样。而白笙远正以厌恶的目光盯着同样自信饱满的阮青木。而阮青木若无其事地转着手中的笔，目光凝滞在窗外的某一点。不远处的夏宁屿笔挺地坐在凳子上，等待老师说出最终的结果。

而当老师说出第一个保送名额时，许多人都石化掉了。

"白笙远。"

教室里议论纷纷。

显然，所有人都没有意料到是这样的结果。就连白笙远自己，也吃惊地张大了嘴巴。当他慢慢地朝阮青木转过头，看见对方朝着自己露出温和的笑容，他在瞬间明白了事情的始末，于是也在稀稀拉拉的掌声与私语声中朝对方做了一个胜利的手势。

被寒冷笼罩的凝固冰原，终于见到了破冰的第一缕阳光。

而翟晓的面孔可以用天气预报员说的"晴转多云，并伴有雷雨大风"来形容最为恰当。"多云"的翟晓在听到第二个名额的时候彻底"雷声大作"了。

第二个名额给了——夏宁屿。

对于之前已经确保自己会拿到其中一个保送名额的翟晓来说，现在重要的已经不是是否能够跟阮青木在一起了，而是涉及她在班级乃至学校里继续存在下去的面子问题。

一张脸涨成紫色。

控制不住地发出嘶啦嘶啦的声响。

最后"嗷"的一声扑在桌上哭了起来。

09>>>

下课后，阮青木彻底被包围了。

追问怎么回事的人自然居多，不过最值得关注的是白笙远重新露出了被翟晓称之为"马屁精"的神情跟在阮青木身边。伸手搔了搔后脑勺，露出了洁白的牙齿。

"对不起啊。"

阮青木挥了挥手。

顾小卓的心里像是打翻了五味瓶，其中滋味真是说不清道不明。如果说阮青木不是性情中人似乎也不准确，在众人眼里，他成了为朋友而凛然出让保送名额的好兄弟，而谁知道暗地里却以此来要挟自己的母亲不许选择第二次婚姻呢？到底哪一个阮青木才是真实的，他就像是被撕裂的人，在光芒万丈的背面，却是漆黑绝望的冰冷。顾小卓揣着空荡荡的一颗心起身朝夏宁屿走去。

"恭喜你。"

"其实我早已经知道了这个结果。"

"怎么回事呢？"顾小卓表示困惑，"真不知道这个名额是依照什么标准选出来的。"

"我爸爸有很多钱。"夏宁屿低声说，"……喏，你明白了吧？"

"呃。"意味深长的一声回答。

"你喜欢喝咖啡么？"

"怎么突然问起这个？"顾小卓有些摸不到头脑，"还可以吧。"

"喏，给你这个。"夏宁屿从口袋里掏出几张免费领取冰咖啡的优惠券，"我爸的朋友给我的，我可以带别人去。"

那天中午，顾小卓带着同桌兴高采烈地去了学校附近的那家咖啡店。

拽门，怎么也不开。

就在同桌用尽了浑身力气试图把门拉开的同时，顾小卓注意到门上的字：此门已坏，请用另外一扇门。想要制止同桌，可是为时已晚，门把手拽断了……

服务生从里面把门打开，温和地说："没事，我来修，客人请进。"

两人羞愧地走到前台，顾小卓掏出优惠券给服务生："我想领一杯冰咖啡。"

服务生接过去看了一眼，笑着说："抱歉，这个优惠券是隔壁店的……"

顾小卓当时就石化掉了。

10>>>

可以想见阮家母子对峙情绪的紧张。

而它就像是一个信号灯，提示着顾小卓：爸爸的爱情进展是否遇到了困难。

阮青木的脸上却是波澜不惊，看不出他背后的风云突变。

"你决定了？"放学时顾小卓在车棚下拦住阮青木。

对方脸上挂着淡淡的笑容："我现在有种解脱的感觉。"

"你真的决定跟她断绝母子关系？"

"你说呢？"

从始至终，对方的脸上盈满了淡淡笑意，直到对方跨上单车留给顾小卓一个白色的背影，才怯怯地转过身，眼角挂着两滴泪。

为什么就伤心了呢？

其实，青春本来也可以有另外一张面孔。

就像是大多数人眼里的阮青木，相貌清俊，眼神里没有怯懦的成分，假以时日，会成长至让许多人景仰与羡慕的高度。而在那年的盛夏里，他穿白色衬衣，笑容里充盈着年少的单纯与明朗，踩着单车穿越城市的树阴，在图书馆里打发着一个下午的时光；又或者，一个人去游泳馆，在蔚蓝色的水池里不间断地游完了三千米，爬上岸来的时候，浑身虚脱。

这样安静而干净的少年，在学校里，因为耀人的成绩，而浑身散发着美好的光芒。

没错，这些都是你看到的阮青木。

可是——

在这个世界的某个角落里，在没有光芒的黑暗空间里，也存在着这样的阮青木——

并非从未通过作弊手段而获得好成绩；

努力学习的背后是因为想尽快获得独立，进而脱离母亲的供养；

拒绝母亲再婚，以断绝母子关系为要挟；

名义上放弃保送名额是为了朋友，实际上却另有缘由。

所有的这些阴险与黑暗，皆指向了两个字：母亲。

对于很小就缺失了母亲的顾小卓来说，失去的母爱就像是一块沉甸甸的石头，压在她的胸口，叫她喘不过气。所以，无论如何她都不能理解对方这种不孝的做法。

你经历过的那些惊心动魄；

你经历过的那些血雨腥风；

你经历过的那些搏斗厮杀；

被另外一些人轻易傲慢地否定．将你肉搏过的过往说成是痴心妄想白日做梦夸夸其谈。

蔑视你所遭受的苦难，就像蔑视一只蚂蚁。

挑战你的尊严，就像挑战一只苍蝇。

其实你不懂——

就像所有光的后面，都是深邃的黑暗一样。

既然这个世界上有那么温暖而明亮的青春存在，也就会有相应的黑暗残酷地存活，在你所看不见的地方，肆意延展。

第十一回

那一刻，天光因他聚拢，在渐渐失去意识的顾小卓的头脑中，最后的画面是，自己化做了一只飞鸟，淹没在因他而来的一片光之海洋中。

接到夏宁屿电话的时候，顾小卓其实很快就要到家门口了。

傍晚从各个窗口渐次亮起的橘黄色的灯光，以及飘出的饭菜香味中降临了，顾小卓不想赴约。但夏宁屿坚持说要在三巷口的酒吧跟最好的几个朋友一起庆祝自己得以顺利获得保送资格。顾小卓在电话里还开玩笑似的说了句通过非正式渠道得来的东西还庆祝干吗。对方愣了下，随即爽朗地大笑，我是一个目的论者，为了达成我的目标，我完全不在乎使用什么手段。顾小卓听着很不舒服，但也找不到什么更好的理由。于是说："那，一会见儿。"

时间定在了六点半。

指针在一点一点朝那里滑动。

马路上到处都是匆忙赶回家的人。

风尘仆仆，面庞上支出一副副疲惫而期待的表情，无论是背着书包的学生还是忙碌了一天的成人，饭馆里有人推杯换盏，声音吵到像是吵架。而这就是明亮而喧嚣的世俗生活。

把自己悬挂在很高很高的地方期望获得别人的认可，这样做有什么好处？脚踏实地，为达目的不择手段一些，从某些角度讲，夏宁屿未必就是错误。

顾小卓提前到些。

于是站在马路边给夏宁屿发了条短信："我到了。"

对方也立即回了一条："站在原地不动，我们马上就到。"

空气中浮动着烤香肠和关东煮的味道。周围偶尔会有人匆匆朝不远处的电车站跑去，想要排在队伍前面以获得一个座位。一家清仓甩卖服装的小店在门口支着扩音器，声嘶力竭不依不饶地叫卖。黑暗的夜空里，渐渐亮起的路灯，将整个城市晕染成温暖的黄色调来。而整个城市像是从水底打捞出来一样，闪着湿漉漉的悲伤。

从对面走来三五个身材健硕的男生。

头发被染成夸张的五颜六色，其中走在前面的戴着硕大的墨镜，几乎遮住了半张脸。顾小卓下意识地朝路边靠了靠。

可是那几个人却在四下张望之后，停在了她的面前。

手机在这时候震动起来，低下头去，看到了夏宁屿发来的短信："一会儿有陌生人向你问起我，你就说我在身后的超市里买东西，一分钟就到。"

抬起头来的顾小卓注意到大墨镜就站在离自己非常非常近的地方，她下意识地后退了一步："你是？"

"我们找夏宁屿。"

"他……他就在附近的超市，马上就到。"顾小卓感觉到某种不祥的压迫感，"他说他一分钟就到。"

"那等一等。"

顾小卓在这几个人的脸上看到的，完全是凶气。她急忙掏出手机给夏宁屿发短信："找你的人到底是干什么的呀？"

"一会儿你就知道了。"夏宁屿回复道，"我一会儿就到。"

时间慢慢在流逝。

比顾小卓更焦灼不安的是她附近的那几个人。他们频频把目光朝顾小卓抛来。顾小卓终于忍不住给夏宁屿挂起电话，铃声响了似乎有一个世纪那么漫长。而当她失望地挂断电话抬起眼来却看到大墨镜又一次靠了过来。

"你是给夏宁屿盯梢的吧？"来人恶狠狠地质问，"看到我们来了，就叫他从超市偷偷跑掉了？"

"不是。"

"你嘴还挺硬的。"大墨镜吩咐身后的人，"你去超市里看看。"

那人毕恭毕敬地应了一声朝超市跑去。

那一刻，顾小卓的心被紧紧地吊起来。她真希望夏宁屿没有骗她，他能够跟那个人一起出现在超市门口，而如果不是那样的话，那么，眼下，她所面对的，很可能是一场巨大的阴谋。

不久之后，那人形单影只地跑了出来。

"老大，我们被这小婊子给耍了，里面压根儿就没你说的那个人！"

"看清楚了？"

"嗯！"

大墨镜一只手捏住了顾小卓的下巴，咄咄逼人地说："你不是说他一分钟就回来么？你不是说他就在身后的超市里面么？"

顾小卓从小到大也没见过这阵仗："我……我不知道……"

"敢情你把我们兄弟几个当猴耍了，是不？"大墨镜一只手正了正墨镜，"今天既然收拾不了夏宁屿，收拾收拾你也不错嘛，省得我们几个兄弟白跑一次。"

"不！"

02>>>

阮青木扒拉完最后一口饭。

把空碗往面前一推，然后轻描淡写地说了句："妈，跟你说个事。"

"就吃那么点？"难得见儿子主动与自己搭话，阮妈妈心里乐开了花，"真是要命呃，男孩子长身体，吃多点才结实嘛。"

完全不是一个层面上的对话。

就像是块互带锋芒的玻璃，不是刻意，却还是凛冽地擦破了彼此。

"妈，我放弃保送名额了。"

阮妈妈手里的碗"咣当"一声掉在地上，碎了。

"你要跟我解除母子关系？"眼泪直直地掉下来，"你是我身上掉下来的肉啊，你就这么绝情？"抹了一把眼泪，"到现在为止，你还不放过我，你觉得是我害死了你爸爸是不是？那你去派出所报案啊，把我抓起来呀。"

"你不要这样。"

"……青木，你知道么，我宁愿代替你爸去死，我活着还有什么意思？我去死好了。"阮妈妈直起身来，一头朝墙壁撞去。

阮青木从身后拦住妈妈，嘴里操着爆破音大嚷着："你疯啦？"

手机的铃声不合时宜地响起来。

空出来的一只手接起了电话。

"喂？"

电话那头是完全陌生的口音，说话含混不清，像是在风中发出的大声叫喊。

"什么？"

阮青木的脸色跟着电话里的声音而慢慢凝固住，最终血色全无。他慢慢松开了母亲，然后跑到门口换上了运动鞋。

不明所以的阮妈妈问："你去哪？"

"顾小卓出事啦！"

03>>>

躺在冰冷的水泥地面上。

身下是黏稠的血液，顺着道路的斜坡流向了远处。

肇事者在清扫工大呼小叫下逃之夭夭。

夜空像是被上帝一手打翻，笔直地刺入顾小卓的眼睛里。

视线因此渐渐涣散模糊，最终成为一片混沌的景象。

脚步声密集起来。

有人摇晃自己的身体。

大声喊自己的名字，那声音忽远忽近，像是从最遥远的世界尽头传来的，又像是谁俯在耳畔大声呼唤。

熟悉又陌生。

她想睁开眼睛，可是无论怎么努力，她都做不到。

像是陷入了巨大的黑色旋涡，自己正被某种巨大的力量拉扯进其中，所有的挣扎都被宣布无效。

绝望得想要窒息。

阮青木赶到的时候120还没有到。

从来没有觉得120的办事效率如此之慢。

失血过多的顾小卓佝偻着身子倒在马路边。阮青木将她的身体放平,大声地呼唤她的名字,同时再一次拨通了120,大声质问他们到底什么时候能到。

一旁的清洁工在说个不停:"我拿她手机,通讯录上第一个人就是你,我也来不及翻了,就直接把电话挂给你,我想,通讯录上的第一人对她来说一定是非常重要的人吧。"

阮青木跪在地上,弓着肩线,坚强的防线因为清洁工的最后一句话立即溃不成军,眼泪直直地掉下来,砸在了顾小卓的手背上。

夏宁屿一瘸一拐的身影自不远处出现时,顾小卓已经被七手八脚地推上了120急救车。他一脸吃惊茫然地问着:"出了什么事呀?"

阮青木没搭理他。

迅速跳上车,"咔"的一声,闪着蓝色灯光的车子朝着夜色苍茫的城市一头扎了下去。而被远远抛弃在路边的夏宁屿一脸静默。

半晌过去,才在黑暗里扯开嘴线,露出一丝苦涩的笑。

04>>>

大墨镜一脸沮丧地站在翟晓面前。

"你眼睛瞎了呀!"翟晓气呼呼地长出了一口气,"我都说了多少次了,夏宁屿是个男的嘛,你还下死手动那女的干什么?"

"我合计他们都是一伙人,既然修理不到夏宁屿,就……"

"你怎么知道那女的是夏宁屿的人呢?"翟晓忽然有所顿悟地说,"那女的谁呀?"

"看样子,好像是夏宁屿的女朋友吧。"

"他女朋友?"翟晓努力在记忆里搜索着她所认识的围拢在夏宁屿身边的

女生。"放屁！夏宁屿最后都没出现，我想一定是有人提前走漏了风声，夏宁屿才找了个替死鬼。所以替死鬼是不可能是他女朋友的。好一招借刀杀人。真有你的，夏宁屿！"翟晓咬牙切齿地盯着窗外流动的夜色。

"这么说我们上当了？"

"那还用想嘛！"

05>>>

事情整整过去了一个礼拜。

顾小卓还躺在医院的病床上。

爸爸、阮妈妈以及阮青木轮流到医院来看她，有时难免会撞车，三个人各自不动声色地掩饰着彼此见面之后的尴尬。而之前几个人一直纠结的矛盾，顾小卓也绝口不提。阮青木不在的时候，听阮妈妈跟爸爸谈起阮青木放弃保送名额的事。

爸爸说："他成绩那么好，走一个本地的保送名额浪费了他的好成绩，你这么想就通了，你总不愿意因为自己的原因拖累了孩子的前途吧。"

"可是，我还是怕他一旦离开了我，就永远也不会回来了。"

"他走到哪都是你儿子，他是你身上掉下来的肉。"

"你知道那孩子对我是什么态度……"

"就算没有他了，你不是还有我嘛。"

再往下的话没法听了，顾小卓赶紧把眼睛闭上。果然立即听到了阮妈妈的斥责声："当着孩子的面，你胡说些啥？"

烧红了耳朵的顾小卓听见爸爸满不在乎地说着："她睡着了。"

阮青木会在每天放学的时候来医院看望她。

每次他都像是一台蒸汽机一样，浑身冒着热气出现在顾小卓的病床前，那个时间恰恰是个空当，大人们说医院的饭菜实在是难以下咽并且没什么营养，一般是回家自己做好了带过来。双方家长都回家去应付晚饭。所以，常常是两人相对的局面，阮青木恢复了最初的不苟言笑，一进屋立即摘下书包，翻出课本，面无表情地开始给顾小卓补习功课。顾小卓支着一张脸盯着阮青木，在对方滔滔不绝地给自己讲函数的时候突然冒出来一句："真的是他么？"

"谁？"阮青木停下来，看着对方。

"夏宁屿。"

如果把时间倒退到两个小时之前。

正是第六节课结束之后的大课间，先是按部就班地做眼保健操。熟悉的音乐声在耳尖上聒噪。不情愿地拿双手扣住眼睛揉来捏去。阮青木是负责检查同学纪律的学生会干部。在他走到夏宁屿身边时，突然站住了。他轻轻地拍了拍夏宁屿的肩膀，小声地说："一会儿，男生水房见。"然后不等对方的回答就径直朝前走开了。

"我想听你的解释。"开门见山地说。

夏宁屿也不揶揄，只是问了句："你是不是很早就已经怀疑我了？"

"没错，从你接近顾小卓的那一天起。"

"我以为你把我当成情敌了呢。"

"谢谢你高看我。"阮青木正话反说，"可是我没那么愚蠢，我知道你醉翁之意不在酒。我看了顾小卓的手机短信。"停止，专心地凝视对方眼睛里涌动过的光，"而且，我想她也不会认为那天的事是一起偶然事件吧。"

"本来我想制造成一个偶然事件，不过说出来也无所谓。"夏宁屿不动声色地陈述着，"这是一个非常偶然的机会，我得到消息说有人会在那天下午找人整我，于是我就挂电话把顾小卓约到了那个地方。没想到，那伙人真的不分是非，就动手了。"

"你为什么要这么做？"

"我恨她！"

"顾小卓？"

"嗯！"夏宁屿的脸上慢慢浮上愤懑的表情，"背负上少年犯的恶名，成为现在这样走在街上被人嘲笑的残疾人，我的所有灾难全部因她而来——"

"那你之前待她那么好？"

"全是装出来的。"夏宁屿无所谓地笑笑，"所谓君子报仇十年不晚，我只想找个好机会。我不会愚蠢到拿把刀子去捅她那么傻的地步，所以——"

"你能告诉我那些人到底是谁派来的么？"

"为什么要告诉你？"夏宁屿怒容满面，"还有你，你跟她一样让我厌恶！"说完，抛下阮青木独自一人站在巨大的窗口之下。阳光斜斜穿过窗子，将那些浮动在空气里的微小颗粒染上纤毫毕现的金边。

06>>>

巨大窗口下孤独站立的阮青木。

在别过身去的时候，两只眼睛红红的像只兔子。身后的病床上是默默流泪的顾小卓，两眼瞪着天花板，反复呢喃着一句话："我真不敢想像，竟然会是他。"

渐渐暗淡下来的天光。

恍惚着笼罩住男生视野中的所有景物。穿着蓝白条相间衣服的病患在窗口前一张椅子上坐下来，三三两两的护士，双手插在白大褂的口袋里说说笑笑地走过，还有一个少年在已经枯萎干燥的草坪上和一只大狗嬉戏。而如果你稍稍偏转视线，那么，你看到的将是急诊室亮着红灯的字牌，下面有一字排开的急救车。不时会有一辆扯着响亮刺耳警报声的120停在急诊区，以及夜色下那些走来走去的恍然人群，傍晚的光线给眼前的景象增添了格外的一份忧伤——

这个世界的每个角落每时每刻都在有事情发生。

欢乐与痛苦、光明与黑暗、私密与坦荡、死亡与诞生……所有看似完全对立的事却在同一瞬间发生。

你所不知道的事——

一个在所有人看来出类拔萃却冷僻孤独的男孩，第一次遇见你，就一反常态地朝你露出温和的笑容，其实，在比那更早以前，他已经偷偷地注意你，喜欢上了你；

　　后来因为各种机缘有机会常在一起，却很少会牵你的手走路，就算是牵手了，话也总是少得可怜，你以为他不喜欢你，错了，他只是太长时间习惯了一个人的生活，不知道怎么来对待他的生命中最为珍贵的你；

　　当他摆出臭烘烘的牛脾气，处处跟你作对，变本加厉地为难靠近你身边的夏宁屿时，你以为他骨子里就是个坏蛋。错了，他只是太聪明，早就洞悉了夏宁屿的叵测居心；

　　当夏天抵达的时候，跟着炎热一起躁动起来的还有他，他跟小混混白笙远混在一起，受到了教唆，不止一次想要跟自己上床。你一度觉得这个世界跟着夏天一起疯狂了。领口翻卷出白色衬衣，洁白如初，你不能想像那样的话是从他的口中说出。委屈和愤怒的眼泪汹涌而落。你觉得他就是一个魔鬼，所以提出分手。他甚至没有哀求你再给他一次机会，你以为他是只禽兽，贪恋你的身体而非感情，可是，你错了，他只是怕失去你，所以想以另外一种方式将你们紧紧地捆扎在一起。你提出分手时，他为了你的快乐幸福，咬紧牙关，只要你愿意做的事，他都随你，哪怕忍痛退出；

　　分手之后一段时间里，两人保持冷战状态，互不理睬。看似云淡风轻的他，可是，你不知道的是，他也曾在独处的时候偷偷地抹过眼泪；

　　出事的那天傍晚，你们才刚刚说过分手后的第一句话，当你被大墨镜袭击倒地的时候，你的脑海浮现出来的第一张面孔竟然还是他，你终于知道，你最喜欢的人并非别人，却只能是他阮青木，就算他有那么多的不是和缺点，可是……

　　他会来么。

　　他来了，第一个赶来，把自己抱在怀里，在耳边大声呼唤自己的名字，并且落下了一颗颗滚烫的泪。

　　他用力地喊着，哭着。

　　那一刻，天光因他聚拢，在渐渐失去意识的顾小卓的头脑中，最后的画面是，自己化做了一只飞鸟，淹没在因他而来的一片光之海洋中。

□7>>>

顾小卓回到学校那一天，天空上囤积着厚厚的云层。很多女同学很卡哇伊地叫嚷着今年冬天的第一场雪呢。要是有哪个男孩子在雪中向我表白，那好浪漫呀。

阮青木一如既往，头也不抬地关注着手里的课本。

翟晓表现得格外热情，一下课就跑到顾小卓身边嘘寒问暖。说些隔靴搔痒捉襟见肘的甜言蜜语。什么某些人就是欠揍，什么恶心事都做得出来，约了人家又不按时到，到底是什么居心，又说了些一直想去看，但学习紧没机会去，不过似乎我们家青木有去看望你吧，他就代表我了之类的。所以请顾小卓不要介意。

顾小卓除了说"谢谢"之外也真不知道能再说些什么了。

她真希望翟晓立刻从身边消失。

从来没有这么讨厌交流、谈话。

冬天都到了，为什么这个世界还是一样地到处喧嚣？

其实更多的时间里，翟晓就像是一只蜜蜂，嗡嗡嗡地出现在阮青木的周围。

"青木，晚上一起吃饭啊？"

"为什么？"

翟晓仿佛没有听到对方拒绝意味如此明显的质问，而是自故自地说起来。

"现在想起来，没有争取上保送名额反倒是件好事呢。"

"嗯？"

"因为你也没被保送呀。"翟晓两只手支住下巴挂在阮青木的课桌上，"要是那样的话，我们就没法儿在一个大学读书了。"

"你以为我们会在一个大学读书？"

"当然。"

"那要是我想读北大呢？"阮青木嘴角露出了一丝戏谑的微笑，"你确定你也可以考上北大？"

翟晓在阮青木面前难得的好脾气。

"晚上一起吃饭好了，我请你还不行啊？"

"行，就是——"阮青木皱着眉头，吞吐不清。

"就是什么啊？"

"就是我想带一个人。"

"谁呀？"

"我女朋友。"说着，阮青木抬起手指了指不远处座位上的顾小卓，她正安静地在本子上写着字，而在她的身边，明亮的玻璃窗外，是今年冬天第一场纷纷扬扬的大雪。

非常安静地下着。

翟晓的心里早已经是万马千军。

她狠狠地抽了口气。

"那，既然这样的话，我看还是算了吧。"说完，气呼呼地离开了。

08>>>

下了一场无比大的雪。

远远超过了浪漫的范畴。

报纸跟电视每天都在报道因为雪灾带来的损失。而相继有人在雪灾中英勇牺牲的消息也频繁传来。

反倒是居于北方的青耳城，不至于严重到那种地步。

但仍然连续三四天下个不停。

温度降到零下十几度。

每天上学的路上，每个人就像是一台小蒸汽机。不停地向外喷着一团团白雾。那些下雪的日子里，顾小卓仿佛听见身体里住着一只闹钟。

每一天都在滴答滴答地响着。

仿佛时钟倒计。

等待最后一场庞大而壮烈的落幕。

只是——

生活已经赐予她太多美好，不容她再抱怨。

每天中饭结束之后，跟阮青木一起去学校门口的小店铺买酸奶。每次，阮青木都会细心地帮她观察酸奶是否过期。其实说起来这样的小幸福在别人眼里可能是微不足道或者做作矫情，可是这就是她的小爱情。

有一次阮青木说："如果我们的爱情像是这杯酸奶，那么我希望时间永远停下来。"那一刻，男生的眼里涌动着巨大的幸福与悲伤。要不是注意到不远处站着一脸鄙夷的翟晓，顾小卓一定会流出眼泪来。

她只是低下头，迅速揩干了湿润的眼角。

虽然，他仍旧是他，固执地站在他妈妈的对立面。有着许多因为走得太近而看得一清二楚的小缺点。

可这停止不了顾小卓对他的喜欢。

如中魔法的爱恋。

09>>>

期末考试之前的最后一次模拟。

两人居然并列高分获取班级第一名。

其实老师也是知道他们最近在谈恋爱。不过看在他们的成绩如此骄人的份上，也没有说些什么，甚至破例地红光满面地说着："其实我也不反感你们谈恋爱，正常需要嘛，不过，要是你们每一对看对眼的小两口都能跟人家顾小卓和阮青木似的，我……"

阮青木的耳朵立即被烧红了。

他偷偷瞄了一眼不远处的顾小卓，也跟自己一模一样。

而全班人则嘻嘻哈哈地朝向了他们俩。

白笙远捅咕着阮青木："小两口挺和谐，都是第一名。"

一切都在欢天喜地中继续。

就跟是窗外仍旧绵延不休的大雪。

放学时，白笙远跑过来拉住阮青木，极力要求他们去唱K。

"为什么要唱呀？"

"马上就要期末考试了呀。最后的狂欢嘛。"白笙远眉飞色舞地说着，"有人请客，谁不去呀。"

"那我们俩一起去么？"

"这……"白笙远露出为难的神情，"这恐怕不大好吧。"

"为什么？"

"算了，你们去玩吧。"顾小卓宽大地笑笑，"难得你们男生在一起疯玩，我也不能太晚回家，我爸一定会急死的。"

阮青木犹豫了半天，最终将顾小卓送上了电车，转身被白笙远拉扯着叫了一辆出租车直奔钱柜。

而在白笙远呼呼啦啦地招呼的一大群人之外，有一个单薄的背影远远地静止伫立，如果你看过去，会看到他雾一样妖娆而感伤的神色。

在所有人消失之后，茫茫的雪地上凝固着黑色的背景。

慢慢被溶化进渐渐黑暗的夜色里。

10>>>

滴答。

滴答。

仿佛时钟倒计。

11>>>

顾小卓从电车上下来。

天已经快黑了。

因为下雪天，云层盘踞在距离头顶不远的天空上，囤积的雪花纷纷扬扬地落下。这个时候，突然进来一条短信。她低下头去看。是阮青木发来的。

"是翟晓埋单，我说白笙远为什么不愿意你过来呢。真没意思。我只想跟你情歌对唱。嘿嘿。"

顾小卓抿嘴一笑，把光标调整到回复信息一栏。

这个时候，突然听见身后有人朝自己喊："说你呢，听到没有？"

顾小卓下意识地挺起了脊背。

四下看看，觉得应该没自己什么事，就继续摆弄手机，将光标调整到电话拨出的状态。这时身后的人已经跟了上来，一只手搭在了女生的肩膀上。

"说你呢，你他妈的没听着呀。"

滴答。

滴——答。

时钟停掉。

这一刻终于抵达。

顾小卓一声尖叫。

手里的手机跌落在地上，最初的几秒钟还闪烁着蓝荧荧的光芒，随即光亮消失，世界坠入无边深渊。

像是几千米之下的海底。

漆漆无光。

吸纳所有的光亮与声音。

寒冷无处不在，渗透骨髓，挺进肌理，像是将灵魂打上冰冷而残酷的烙印。

顾小卓被几个人拉扯着拽进了没有光亮的漆黑小胡同的时候，看见了站在不远处的夏宁屿，如果有明亮的光线，顾小卓还会看见的是，男生清秀的脸上紧紧皱起的眉毛，以及别在左胸位置上的银色徽章。他一只手紧紧地抓着书包带，局促不安地朝顾小卓张望着。

从始至终，他就一直在那站着。

| 2>>>

阮青木蜷缩在包厢的一个不起眼的角落里。此时，白笙远正在歇斯底里地唱着那首阿信的《死了都要爱》。阮青木却觉得浑身冰冷难受。他不是追星族，不可能善感多愁到因为阿信已不在信乐团而有什么感慨，只是——

手机突然亮起来。

第一时间按了接听键。

里面传来的却是"啪"的一声响。

然后是带着噪音的细小声响。

像是手机那头不是纷纷扬扬无声而静默的大雪，而是哗哗啦啦的暴雨，无节奏地在耳蜗里形成旋涡一样的噪点。对话的声音则穿插在这巨大而细密的噪点中断断续续地传来。

"你他妈的挺大牌呀！"

"……"

"我叫你你没听见呀！"声音停顿了一下，"我叫你停下你没听见呀？"

"你干什么？"这次很大声地喊出来的是顾小卓的声音。

"你过来你过来！"显然不是一个男生在顾小卓的身边，"你还想打手机报警是不？你看看我们这些兄弟，我们能整死你，你信不信？"

……

阮青木的脸渐渐地白掉了。

在白笙远走了音的尖叫中，阮青木像疯了一样从座位上一跃而起。把正在引吭高歌的白笙远撞了一个趔趄，拉开门飞快地朝楼下跑去。不明所以的白笙远转过头问着沙发上一动不动的翟晓："他鬼上身了？"

翟晓说："我哪里知道，来来来，下首歌是《暖暖》，我的！"兴高采烈地去拿麦克风。

|3>>>

风很大。

逆风奔跑，甚至呛出了眼泪。

阮青木把手机紧紧地按在耳朵上，无论怎么大声地喊着，电话那头的世界依旧按照它的逻辑在进行着。阮青木仿佛是那个世界之外的人，不管他怎么大声哭泣、叫喊，都不能使那个世界停止运行。

而最最残酷的是，他还必须听着那个世界正在进行的一切。

仿佛一个不会游泳的人被扔进水底。

冰冷的海水一瞬间灌满了整个胸腔。

窒息得无法喘气。

而才刚刚挣扎着露出水面，又一轮巨大的浪潮紧随而至，将自己重新倒置在没有光亮的海底。就是那种无边无际蔓延的绝望感正在吞噬着少年的心。

整个世界不断摇晃、震荡，所有关于美好的想像，就像是一个巨大的蛋，裂开了。

|4>>>

救救我！

救救我！

救救我！

救救我！

救救我！

救救我！

救救我！

救救我！

刚刚挣脱出的一只手不断地被按回地面。

偶尔还能看见站在不远处的夏宁屿，黑暗中，他只剩下漆黑的一团。

而天空中盘旋着不断下坠的雪花，一朵一朵落进了顾小卓的眼睛里。书包被扔在不远处。夏宁屿在所有人都走了之后一瘸一拐地走过来，将散落在地上的课本都拣回书包。然后把顾小卓从地上扶起来。

"你为什么不救我？"

"我救不了你。"夏宁屿镇定地说，"他们人多，他们会把我的另外一条腿也打瘸。"

接下来的场景，就是阮青木看见的了。

|5>>>

闪过一个胡同口。

终于看见了顾小卓。

她半倚在墙边，头发散乱成可怕的一团。脚边的雪地上，是淅淅沥沥的红色。空气中弥漫着某种甜腥的气息。而她的手却紧紧地扯住男生的衣领，声嘶力竭地咒骂着。

"你是畜生你是畜生你是畜生！"

夏宁屿的身体被拉扯成了一张弓。

紧张地绷着。

阮青木在一瞬间，什么都明白了。

浑身的血液一起向大脑涌去。

他连抬腿的力气都没有了。

|6>>>

接下来的事印证了瞬息万变这一词汇。

顾小卓的眼前闪过金属的光泽。三个人保持着雕塑一般的凝固姿态，却被紧紧牵连在一起。顾小卓尚未松开扯住夏宁屿领口的手，而阮青木已经把一只小刀刺进了夏宁屿的胸膛。喷出来的鲜血溅了女生一脸。

顾小卓的尖叫声再一次苍凉而沙哑地划破了夜空。

夏宁屿倒下去的时候，还是有力地重复着："……不是我……"

阮青木将困惑的目光转向顾小卓。

"不是他？"

"不是他。"

顾小卓觉得再多说一个字，自己就要死掉了。而阮青木像是突然失去了动力的玩具瞬间僵滞在原地，直直地跪下。双眼瞪着头顶一方狭长漆黑的天，眼泪刷刷地流下来。

顾小卓扶着墙从地上站起来，然后朝自己的书包走去，弯下身的时候，一阵剧烈的疼痛袭过全身，然后又一次直起身，走向远处，在黑暗中察看着手机的所在。

而身后突然传来了阮青木凄惨的一声吼叫。

夏宁屿趁其不备向阮青木发动了反击。

一刀扎下去。

"我早就看你不顺！"

拔出来。再扎下去。

"你凭什么诬赖我？"

刀再一次抬起的时候被阮青木抬手拦住，两个人就此扭打成一团，在雪地上滚来滚去，所过之处，一片触目的红。

顾小卓终于找到了手机。

然后微笑着转过头，静静地站在原地。两个少年仍旧纠缠成密不可分的一团，口里发出呼哧呼哧地用力的声响，仿佛两只搏杀的小兽。

她张了张嘴，冷风立即灌满了她的喉咙。

像是一个漫长的琥珀般的梦境，终于到了尾声。风撕裂着水滴，将破碎的结局吹向了我们每个人的掌心。

尾声

寂静的世界里，漏进来的第一丝光。

白笙远一曲终了。

包厢里爆发出了山呼海啸一般的口哨声、鼓掌声。

他在乱哄哄的环境下把麦克风让给了翟晓。

"阮青木鬼附身了，刚才撞到我。" 翟晓坐下去时跟身边的人撒娇地说，"……撞得人家疼死了。"

"是被尿憋疯了吧？"身边的男生回应说。

翟晓此刻正对着巨大的电视屏幕唱梁静茹的《暖暖》，声音甜甜的、嗲嗲的，论起好听的程度来说，比白笙远那副破锣嗓子要好多了。她还回过头朝着眉头紧皱的白笙远露出甜腻的笑容来。

"他好像接了个电话。"另外一个女生不确定地说，"嘀嘀咕咕地像是跟顾小卓有关系。"

"顾小卓会有什么事？"白笙远抓起啤酒猛喝了一口。"小女生就是麻烦。"

放在面前桌子上的手机突然震动起来。

白笙远想也没想就伸手接了起来。

电话那边传来一个男生冰冷的声音："翟晓，按你的吩咐，我们已经把顾小卓给办完了。"

滴答。

滴——答——

像是什么突然停住。

时针最终指向了真相。

就在那一刻，音乐声戛然而止，房间在瞬间内被将要爆炸一样的巨大沉默满满地填塞。翟晓的脸突然转过来，瞬间在白笙远的眼前放大、放大……

一张甜腻美好的笑脸突然间乌云密布，变得狰狞、愤怒。

"你听到了什么？"

音乐声重新响起，一瞬间盖住了所有的剑拔弩张。

02>>>

阮青木仍是不肯放过夏宁屿，他一拳一拳擂在对方身体上的时候不断地大声喊着："就是你，没错！就是你！"

仿佛他只要这样一直喊下去，事实就得以成立。

而夏宁屿一开始还坚持着反抗，并且很大声地喊着"不是我，不是我"！慢慢地没了声息，整个世界，似乎只剩下了阮青木的悲痛在天地之间盘旋降落。

顾小卓笑了笑。

她很清楚，某种东西被打碎了。

碎成一地渣滓。

无论做多大的努力也无法重新回到最初的单纯与圆满。

只是——

就好像必须要通过某种方式获得救赎一样，这是成长，它要继续，你不能阻止时光的洪流。你不可以终结生命。就算是一切可以重生，伟大的传奇得以被重新书写，故事的走向全部被重新设定，可是，她知道，这是她自己和眼前的两个少年必须要付出的，长大的代价。

并非每个人的青春都是如此，一路搏杀一路鲜血。

也并非每个人的成长都是一路温顺，在阳光跟雨露的滋养下茁壮长大。

所以——

必须学会面对这一切。

"你们不要打了！"顾小卓用尽了全部力气朝两个人大声呼喊，"别打啦！"

03>>>

雪停了。

雾气渐渐弥漫了整条街。

月光之下，眼前的世界成为巨大而坚硬的寒冷冰原。

三个少年像是站在了冰冷地壳的边缘，互相搭着肩朝更为寒凉的所在挺进。路上除了孤零零的散发着橘黄色灯光的一根根电线杆之外，很难再见到什么人。大风将每个人吹得东倒西歪，他们却只是埋着头，咬紧牙关朝前一步步地迈出去。

踩在雪地上，发出咯吱咯吱的声响。

与此同时，另外一条街上却传出了强烈的轰鸣声。

一辆红色的轿车因追尾而横在了马路中间。被冲撞的前一辆车撞断了护栏，斜着骑在了马路牙子上。车窗哗啦一声，像是瀑布一样，全部脱落。副驾驶上的女孩头破血流地瘫坐在座位上。

从另外一辆车子上跳下来的白笙远胆战心惊地走上前去。

把手指哆哆嗦嗦横在翟晓的鼻孔位置。

尚有微弱的呼吸。

他完全陷入了不知所措的地步。

从口袋里掏出手机，拨电话给阮青木。

音乐声划破了滞重的寂静。

顾小卓皱着眉头朝左边的男生看过去："你有电话。"

阮青木犹豫了一下，终于接起了电话。

里面立即传来了白笙远扯着哭腔的求救声。像是有猛烈的风不断灌进他的喉咙，以至于电话里他的声音听起来有点失真。

三个人以最快的速度赶过去。

白笙远第一时间甚至以为自己看花了眼。

这三个人狼狈不堪，还有两位一身是血。

他下意识地摸了摸额头："你们，你们跟坏人搏斗过了？"

顾小卓径直走过去，然后她看见了血泊里的翟晓。

周围一片黏稠充满血腥味。

在零下十几度的寒冷天气里迅速凝固的红色血液。

所有人中，最镇定的是顾小卓。

她回头问白笙远："事发生了多长时间？"

"不到十分钟。"

"那你报警了么？"

白笙远摇了摇头。

"打120了？"

"也没。"

顾小卓的两簇眉毛在模糊的月光紧紧皱起。

"那你现在就打110和120。"她用命令式的口吻说，"能把事说清楚么？"

白笙远像是一个小孩子，他努力地朝女生点着头。

顾小卓已经转身招呼着身后的夏宁屿跟阮青木。

"你们俩快点过来搭把手。"顾小卓努力地试图拉开车门，"我们现在必须把她从车上抬下来，平放在地上，这样才能使她呼吸顺畅，并且争取更多时间，好让120一来，就把她抬上担架。"

就跟之前什么事也没发生，力量与智慧重新注进了顾小卓的身上，她的条分缕析使在场的三个男生吃惊不已。

尤其是当翟晓被平放在地上之后，顾小卓把身上的衣服脱下来盖在翟晓的身上。

白笙远终于忍不住了。

"是她！"

"嗯?"

"是她!是她找人害你!"白笙远双眼凝满了泪花,"你……"

顾小卓愣了一下。视线从白笙远身上拉到翟晓苍白的脸庞上。

在那一刻的寂静里。

阮青木仿佛听见了许多声音。

飞机起飞的轰鸣声。

潮水的呼啸声。

大风吹过山谷的空鸣声。

金属被折断的清脆声。

以及,五脏六腑被撕碎的尖锐声响,那么真切地划过柔软的心壁,留下了一道道的红色血痕。

胸腔里像是灌满了水银。

沉重得想要疯狂尖叫,想咆哮,想爆炸——

而顾小卓只淡然地说:"再给她加件衣服。120应该马上就到了。"

□4>>>

你曾去过这样的领域么?

——地壳之下,巨大而坚硬的岩石缝隙之中流淌着的炙热岩浆,因找不到出口而四处冲撞,直至磅礴喷发的那一天。

——几千米之下翻滚煎腾的海底,漆漆无光,寂静无声,冰冷刺骨。你是藏匿在海沟里的一条鱼,渴望有一天,暖流可以将你带到另外的领域。

——地表之下潮湿而黑暗的洞穴,一个连着一个,逼仄而近乎封闭的所在,仿佛永生都不能感知光明。

——平原的尽头,一望无际的浩瀚沙漠。朔风扑面,粗粝飞沙,干燥炎热。穷尽一生,也走不出沙漠的手掌。

——沙漠的边缘,传来的阵阵林涛风声。那里面有许多大灰狼与小红帽的故事。而在你长大之后，童话的大门轰然关闭，你看见的，只是赤裸裸的适者生存。

那么，你也完全可以抵达这样的领域。

不管脚下踩着的是怎样的烂污泥水，铅灰色的断云一团一团盘踞在头顶，大雨滂沱，但请你努力展翅，穿越厚厚的无光的云层，直至一片耀眼而明亮的光芒灼伤你的双眼，云层如同沸腾的海水一样在脚下蔓延翻滚。

云层之上，全是阳光。喏，你也曾来过这样的领域吧？

跟那些绝望的伤感的寒冷的存在一样，这些温暖的美好的明亮的领域一样，都是我们的存在。

或者往更远的地方——

漆黑的宇宙中，不断旋转着的蓝色星球，兀自安静地运行在属于自己的轨道上。我们存在的星球，永远有一小部分，因隐藏在黑暗里而不见光亮。

05>>>

寂静的世界里，漏进来的第一丝光。

雪面上脚印凌乱。

——全文完——

2008. 3. 21

ロ|>>>天空沿着我的脊背渐渐苏醒

那是你所不能理解的——

那些在夜晚突然醒来，或者身处喧闹的人群，孤单地突然造访：不想交谈、不想喝水、不想吃饭，倒到床上去拉起被子蒙住眼睛，黑暗里却不能沉入梦乡，甚至会在某段旋律的催化下，眼角一片凉意。

其实，我也不想这样。

或者说，我也搞不清为什么自己活在这样巨大的泡沫中，期期艾艾的，与此同时，我身边的那些人，他们也许一直或在某个时刻对我从里到外散发出来的颓废哀伤气质鄙视到底，背地里说着"衰人就这样诞生了"之类的话嘲笑我。而我，随着时光一路倒退而去，因而悬浮于空中，看着那么一路东倒西歪走来的自己，也会在某个时刻觉得蒙羞，那是过去的我么，那些话、那些事他怎么厚着脸皮做得出来？或者那样做事真是傻啊，就是傻×一个嘛。

不是没有过这样的疑问与情绪。

——我为什么会这样糗呢？

——那么讨厌这样的自己，一无是处的、四处出丑、身无长处、懦弱无能的……

小时候，比周围的小孩早一年去读小学。

教我们的老师不同意我入学，于是跟爸爸吵了起来。据说吵得凶到不行，甚至还吵到校长那里，最后才算以我入学而告终。取得了"战争"胜利的爸爸扬长而去。

对我爸爸的憎恨全部以一种叫做"厌恶"的情绪转嫁到了一个六岁的男孩身上。

被安排在最差的位置上，当着全班的人听那些奚落的话，因为算不上算术题，被留校写作业更是家常便饭。甚至不止一次将木头教鞭杵在我的胸口跟敲在我的脑门上，而比这更让人胆战心惊的就是每次被叫到黑板前做算术题或写拼音时，老师大声说着的"你们家人全都是笨蛋"之类的咒骂。

双手紧捏裤线，手心里渗满了汗。

不敢出声。

妈妈说，提前一年去学校并不是他们的意思，而是我自己的强烈要求。

比起一般小孩死活不肯去学校读书的别扭劲儿，我算是异常出色的了。可是这份出色，带给我的却是最初的不自信。

之后的许多年，并非没有再被人说过"你真是笨呀"、"你还想考上大学啊？哈哈哈，做梦吧"之类蔑视与否定的话，尽管每一次面对的时候，胸腔里都像是被塞进去一包炸药一样，令我怒火中烧，却在转身后忘得一干二净，从来没有哪一次像最初的那些大声斥责与谩骂那样清晰地响在耳边。

　　你不行。

　　你很差。

　　你很傻。

　　你就是这样倒霉的命。

　　也或者背地里的，"这个人怎么会有出息呀"，"他会把所有事都做砸"，"他做得就好呀，还觍着一张脸说别人呢"，"狂人就这样诞生了"……所有这些声音，都聚拢在一起，形成嘈杂的回声，在我的耳边响个不停。

　　你听见了么。

　　所有恶毒的否定，即便不符事实，却因情绪的真实而一样显得有力；而所有那些粉饰表扬的话，因为用心不纯，而显得格外虚假。

　　初中三年级。

体育达标的成绩要计入中考成绩。对于我这个体育从不及格的人来说，绝对是天大的噩耗。我觉得天都要塌下来了。正式考试那一天，我做了不止一百次深呼吸，看着那些长手长脚的男生轻松地考完所有项目后，嬉皮笑脸地跟老师告假，然后三五成群地上街去逛，只有我，拖到不能再拖的时候，畏缩不安地上了场。

结果以惨不忍睹的失败告终。

回学校的路上，上晚自习的时候，强忍着没哭。

到了吃饭的时候，却再也忍不住了，不知怎么搞的，就像是谁把水龙头拧开了，眼泪源源不断地流出来，想忍也忍不住，还哭到抽噎个不停。最可耻的是，有一群人围观我。

后来，我的数学老师牵起我的手，跟我说："今天去我家住吧。"

那天晚上的月亮很亮。

回家的路上，要经过一座桥，桥下河水在月光的照耀下波光粼粼。我在回忆里，看见了老师牵着我的手，身影倒映在河水里，微微地晃动。

有人帮我擦干眼泪，揉了揉头顶的头发，甚至轻轻地擂了我的胸口一下："你学习成绩那么好，那么几分怕什么呀，你？"

我慢慢停止了哭泣。

就像是一条曲折的轨迹。

时高时低。

一路而来。

在不断的否定中，我努力咬紧牙关，坚持朝前迈开脚步。

因为我知道，就算懦弱是我的本性，也会有人，那些嵌进你生命时光里长长短短的人，因为你的调皮、你的聪慧、你的诚实、你的天真、你的才华，甚至你的笨拙、你的懦弱而靠近你，温暖你。

从小到大，常被别人瞧不起，总是跟"倒霉"、"窘迫"、"弱势"这样的字眼密不可分的我，到如今，也偶尔会听见别人这样说：

——"你是我们班最有出息的人啦！"

——"我看好你啦！"

——"很喜欢你写的书呢。"

对于那些天生优渥、从小到大被包围在宠溺的爱与认真的赞扬中，长大后成为白马王子或黑色骑士的人来说，他们随意就可以获得的喜爱与肯定，我是要花费更长久的努力跟争取才可以分取的。

曾经那么困惑的我，在时光的洪流里，慢慢变得不再计较、挣扎。虽然有时会钻牛角尖地想，我为什么不一出生就像他们一样特别、优秀，惹人怜爱，走到哪里都是闪闪发光的角色？但更多时候，我认了这样的命。

努力做好这样的自己。平凡的、卑微的、本分的、诚实的……也许光彩不够夺目，但这毕竟是我。

写完上面这些字的时候，手机里进来一条短信："快乐，安康。"
谢谢你挂念我。

天空沿着我的脊背渐渐苏醒。
于是，我看到了微薄的光。

02>>>我记得……

记得我十七岁那年，喜欢上《十七岁不哭》里面的简宁。黑暗中电视机的荧屏辐射着斑斓的光，我坐在电视机前抹了一把红红的眼睛，转身去跟妈妈说，全是瞎编乱造的，为什么我们学校里没有这样一些人？

也是那一年，在北方大海边上的城市，我读完了许佳的《我爱阳光》，读到最后我开始没出息地流眼泪，满眼都是缤纷阳光下如同金色蝴蝶四处飞舞的奇幻场景，胸腔里充盈着美好而忧伤的眼泪，在遥远的山谷里一遍遍地回响着一个人的名字，吉——吉——

　　返回的火车要走十四个小时，黑夜出发，白昼抵达。绿色的硬铁皮的车厢在寒冷的北方平原上寂寞行走。整个车厢到处都是人。空气里含混着难闻的气味，没有钱更没有人可以帮我买到座票，只能一路站着回家。我觉得站在我对面的女孩就是《我爱阳光》的作者许佳，甚至小声地凑过去说："许佳，你好。"

　　得到的回应却仅仅是，女孩转过身，把窄窄的脊背留给我。

　　我记得第一次读到周嘉宁的《孤独站立》时，天空里盛满着薄弱的暮色，浅浅地散发着忧伤的光。仿若一头小兽蹲在水房的窗台上。夜晚埋葬了白昼的喧嚣，火车撞击铁轨的声响，从很遥远的地方清晰地传来。

　　我记得买到《幻城》的时候，是它上市的第一个礼拜，店员还没来得及把它上架。新闻已经源源不断地被传播出来。2003年的时候，在QQ上跟同时在榕树下写文章的80后说，十万起印，疯了呀。

　　我记得那时每年夏天去借居的城市会见一位诗人。我在他对面宽大的办公桌前缓缓坐定，花一个下午的时间来讨论文学。而窗外的墙壁上，铺满了绿色的忍冬。从更远的地方传来学校操场上的孩子喧嚣震天的喊声。

那时在胸腔里模模糊糊地氤氲出一个梦想。

就像是一个传奇。

闪烁着光。

想成为一个作家的梦想在经历千万人的嘲弄之后依旧毫不褪色。参加"新概念",认识大大小小的顶着作家帽子的一群人。

时光就像是魔法师。

每个人都在坚持着自己的理想,数年如一日,尽管在别人看来,一切只是虚妄和徒劳。可是,我记住了那些阅读的美好和写作的富足。

喏,你也这么以为么?

03>>>梦见化做一只鸟,葬送在时光的海洋里

《云层》写作的旷日持久是我未曾预料到的,原计划在2007年完成,却一直拖延到了2008年的春天。

盛夏起笔,暮春收尾。整个写作在隆冬进行,最初的一段时间,我把房间里的空调开到最大,耳边是机器运作时发出的嗡嗡声响。有时会矫情地冲一杯咖啡或者泡一杯绿茶,但不雅观的动作比如挖鼻孔瞪眼睛的事情却同时进行

着，其实无论《逆光》还是《云层》，它们都诞生于同一个梦境，半透明的介质，薄翼般棉絮状，悬浮于记忆的云层之中。《云层》的表达更接近于日常与平实，而在它的结尾，我试图找到少年罪恶的救赎方式。我们必须学会宽容，喜悦或者淡定地接受他人与自己，无论旧时光的履历上铺满的是荣光还是罪恶。

我记得我写下它们的愉悦与哀伤；

我记得那年的天空里的云层低矮地盘踞在城市的头顶；

我记得那些夜晚如同鸟一样蹲在水泥天台上听火车呼啸而过的声音。

而时光不可以翻转，青春不可以重来。如今的我，站在说不上山顶，但仍然要比过去高很多也远很多的地方打量着来路上的少年。

在若无其事地嘲笑的同时，心里却像是被一把钝重的刀子扎进去，再旋转着拉出来。那种疼痛袭击全身。

不管是否乐意，这都是你的过去。

所有伤感的、不快的记忆我都写在了里面，所有美好的、善良的祝福我也写在了里面，那些闪烁着光泽的梦想一部分实现了，一部分破灭了，而还有一部分在继续。

是写作使得我有能力与时光抗衡。

这是我唯一的武器。

它就像是一台时光机，将过去的某些情绪故事与光阴流转再一次重新上演。

写这部小说的大部分光景里，我蜷缩在北京东四环的某条破败不堪的小街上的一个小院子里。我的上上下下左左右右住着的人全都以写字为生。这样的环境很奇妙，有一段时间玩耍到high，聊天、打牌、彻夜K歌，连续一周通宵，而白天抵达的时候我则一头倒在床上呼呼大睡。每次凌晨四五点的时候从外边回去，在出租车上透过车窗看着外面藏匿在夜色里的黝黑楼宇，以及骨架庞大的高架桥，都会感觉自己像只蚂蚁一样渺小。

还有一次从二环走回去的可怕经历。

看着头顶的天空呈现出一种难以描述的红蒙蒙的光亮，我又累又困，恨不得自己长一双翅膀，立刻飞到自己的那张床上。

而路灯所散发出的光亮全部像是悬浮在空中一样神奇。

如果是不通宵的早晨——

慢慢地从窗口照射进来的白光都带着凉意。

每天睁开眼睛的时候就已经快要上课了。我飞快地起床，从不叠被子，套上外套就往教室冲，有的时候甚至不会洗脸。偶尔还违反学校规定穿着拖鞋出现在课堂上。Orz！

涛哥是那种见一次面就知道可以长久相处的人。

某次在外面一起吃饭，可能是他过生日吧，他说了句挺有哲理的话：我们都是一群在情感表达上有些障碍的人，所以——

接下来必然是要喝酒了。

不过这句话却也像一根又细又尖的针，狠狠地戳进了我的心脏。

他的同学Douyar在线上说陈涛是一个在内心里自我憎恶的人。这句话让我想到了在录制《艺术人生》节目时，每次被台上的几位女作家叫去写题板时，他通红的一张脸，就像是秋天里的红苹果。

《云层》的终结，也意味着"青耳系列"的结束。从《青耳》到《逆光》、《两人前往北海道》以及眼下这本《云层》，我整整写了两年多。

当它们并列地站在书架上朝我微笑时，我觉得用两年多的时间来搭建与经营这样一座少年专属的城市是多么的骄傲和自豪。

2008. 3. 22

图书在版编目（CIP）数据

云层之上全是阳光／水格著.—北京：新星出版社，2009.1
ISBN 978-7-80225-567-8
Ⅰ.云… Ⅱ.水… Ⅲ.长篇小说－中国－当代 Ⅳ.I247.5
中国版本图书馆CIP数据核字（2008）第166841号

云层之上全是阳光

水格 著

责任编辑：秀　秀
责任印制：韦　舰
封面设计：嫁衣工舍
　　　　　010-64887857

出版发行：新星出版社
出 版 人：谢　刚
社　　址：北京市东城区金宝街67号隆基大厦　100005
网　　址：www.newstarpress.com
电　　话：010-65270477
传　　真：010-65270449
法律顾问：北京建元律师事务所

读者服务：010-65267400　service@newstarpress.com
邮购地址：北京市东城区金宝街67号隆基大厦　100005

印　　刷：北京中科印刷有限公司
开　　本：890×1260　1/32
印　　张：7.125
彩　　插：16
字　　数：116千字
版　　次：2009年1月第一版　2009年1月第一次印刷
书　　号：ISBN 978-7-80225-567-8
定　　价：25.00元